Le soufflé malvenu

間の悪いスフレ

Fumie Kondo

近藤史恵

創元クライム・クラブ

目 次

＊ Table des matières ＊

BISTRO PAS MAL

間の悪いスフレ

クスクスのきた道

La route que le couscous a parcourue

この仕事に就《つ》くまでは、それほど身だしなみに気を遣《つか》っていたわけではなかった。

もちろん、特に不潔にしていたわけではない。毎日シャワーは浴びていたし、月に一度は散髪もしていた。

だが、ニキビができても特に気にもしなかったし、髪はささっと櫛《くし》を入れるだけだから、外出先のトイレで、寝癖《ねぐせ》に気づくこともしょっちゅうだった。おしゃれだったとはとても言えない。

今は髪もきちんと整髪料を使って整えているし、吹き出物がいくつもできるようなら、皮膚科で薬をもらうようにする。どんなに疲れていてもシャワーや洗髪をサボることはない。

ビストロ・パ・マルの三舟《みふね》シェフは無精髭《ぶしょうひげ》を生《は》やしっぱなしにしているし、寝ぼけた顔で店にきて、トイレで顔を洗っていることもよくある。志村《しむら》さんも別に口うるさいわけではない。

それなのに、決して根っからのおしゃれではないぼくが、身だしなみに気を遣うようになった理由はひとつ。

この店は、ときどき、誰かの晴れの場になるからだ。

〈パ・マル〉は決して、気取った店ではない。選ぶワインや、料理によって値段に幅は出るが、普通にプリフィックスのコースと、ワインを少し飲むくらいならば、充分日常使いできる店だと思う。

フランスでは、ビストロと言えばカジュアルな店で、高級料理店であるレストランと雰囲気がまったく違うと、シェフから聞いたことがある。

日本で言えば、食堂と料理店の違いのようなものかもしれない。

〈パ・マル〉も、木製のテーブルに赤いチェックのランチョンマットを敷いているだけだから、気取らない雰囲気なのだが、日本ではフランス料理そのものに、晴れやかな印象がある。

誕生会や祝賀会に使われることも多いし、恋人たちがふたりの記念日を祝っているのを見かけることもある。

お客様はぼくたち従業員のことなどそれほど気にはしていないかもしれないが、背景のひとつとして考えても、小汚いよりは清潔感があるほうがいいだろう。

もちろん、身だしなみ以上に、サービスの質が重要なのは当然だ。

ぼく自身、誕生会や祝賀会などがあると気持ちに張りが生まれる。それが常連だとなおさらだ。

だから、早川《はやかわ》夫妻からその話を聞いたときも、素直にうれしかった。

†

「娘の合格祝いを、〈パ・マル〉でやりたいと思っているの」

早川夫妻は、四十代のご夫婦で、月に一度ほど〈パ・マル〉にやってくる。ふたりでワインを一本空け、カウンター席でシェフや志村さんと談笑している。

もともとは、志村さんの妻、麻美《あさみ》さんの友達だと聞いているが、〈パ・マル〉の大事な常連だ。

だが、娘さんがいることははじめて聞いた。

「結莉亜《ゆりあ》ちゃん、今度、高校生でしたっけ」

志村さんは知っていたらしく、娘さんの名を口にする。夫の重則《しげのり》さんが、相好《そうごう》を崩した。

「そうなんだよ。仙女《せんにょ》学園に合格が決まってほっとしているところだよ」

今はまだ十一月で、受験には早い気がするが、推薦入試なのだろう。

ソムリエールの金子《かねこ》さんが目を見開いた。

「すごい！　仙女って、たしか音楽専門の高校ですよね。名門の音大付属高校で、プロになった卒業生もたくさんいますよね」

妻の暁美《あけみ》さんもうれしさを隠せないような顔になっている。

こういうとき、接客には多方面の知識も必要だな、と思う。仙女学園という名前は聞いたことがあったが、そんな名門校だとは知らなかった。

「暁美がどうしても、結莉亜は仙女に入れたいと言うものだから……」

「わたしだって、結莉亜に才能がないようだったら無理強《むりじ》いするつもりはないけど、あの子も歌うことが好きだと言うから……それなら、いい環境で育ててあげたいと思っているだけ」

「声楽なんですか？　将来はオペラ歌手とか」

志村さんが尋ねると、暁美さんは照れたように笑った。

「目標はね。でも、もちろん簡単な道じゃないし、音楽教師とか、プロのコーラス団とかいろいろ道はあるから、それは娘が選ぶことだと思ってるの。でも、なんにせよ、あの子がいちばん後悔しない道を選んでほしい」

重則さんは少し寂しそうに笑って、グラスに残ったワインを飲み干した。

「少し耳が痛いな」

「どうして？」

暁美さんの問いかけに、困ったような顔で答える。

「いや、もしぼくと結婚しなかったら、きみもオペラ歌手として活躍していたかもしれない」

「えっ、そうなんですか？」

金子さんとぼくは驚いたが、志村さんやシェフの表情は変わらない。知っていたのかもしれない。

「活躍なんかしなかったかもしれないし、他の理由でやめてたかもしれない。それに、あのとき、北海道についていかずに、単身赴任でオペラ歌手を続けていたら、結莉亜が生まれてなかったかもしれない。そのほうがわたしには大事な人生の転機だから」

重則さんは、ぼくや金子さんに向かって説明した。

「暁美は二十年くらい前までオペラ歌手として、活躍していたんですよ。ある歌劇団にも所属が決まっていた」

「彼は大げさに言っているんですよ。タイトルロールを演じたことは、まだ一回もなかったし、それまでアンサンブルとしての仕事のほうが多かった。でも、そこの歌劇団では、ようやくソリストとして役がもらえるようになっていたんです」

重則さんとはその歌劇団に所属する前に、結婚していた。だが、脇役とはいえ、ソリストの役が増えてきたころ、重則さんは北海道への転勤を会社に言い渡された。

「うちの会社は、当時、まだ頭が固くて、家族単位での転勤しか認めていなかったんだ。ぼくは彼女についてきてくれと言うしかなかった。今でも、他の方法がなかったかと思うよ」

当時、単身赴任をしていた人もいるだろうけど、多くは子供の学校のためという理由だったのではないだろうか。妻の仕事のため、夫婦が分かれて住むことへの理解は進んでいなかったはずだ。

「だから、わたしは本当に後悔はしてないって。そりゃあ、わたしが主役を演じられるような歌手だったら、また違ったかもしれないけれど、自分で自分の限界もわかっていたし、その上で決めたの」

もちろん、そこに悔恨が一切なかったはずはないだろう。

だが、今でも重則さんと暁美さんは仲が良さそうに見えるし、とても幸せそうだ。暁美さんが「後悔していない」と言うのも、建前《たてまえ》だけではないと思いたい。

暁美さんは今は音楽講師として、近くのカルチャースクールで働いているという。

暁美さんはペリエのグラスを傾けた。

「これまで中学生だったから、家で留守番をさせていたけれど、受験も終わったし、合格記念のお祝いを、〈パ・マル〉でやりたいの。いいですか？」

「もちろんですよ。うちを選んでくださって、とてもうれしいです」

志村さんが真っ先にそう言う。シェフが尋ねた。

「お嬢さんは、好きな料理とか、好きな食材とかありますか？」

重則さんが首を傾《かし》げた。

「まだ子供だから、子供っぽいものが好きかな。グラタンとか、ポテトフライとか。フランス料理はまだ食べたことないかも」

ぼくも最初にフランス料理を食べたのは、大学を卒業してからのような気がする。

「ドーフィネ風グラタンも、フリットも、フランス料理の一部ですから。お気に召すような料理をご用意できると思いますよ」

シェフは機嫌良くそう言った。

ドーフィネ風グラタンは、生クリームをかけたじゃがいもをオーブンで焼いた料理で、フリットはポテトフライ。どちらもフランスの重要な家庭料理だ。〈パ・マル〉でももちろん付け合わせとして料理に添えることがある。

結莉亜さんには特にアレルギーも食べられないものもないらしい。

今度、高校生になるのだから、今は中学三年生。もちろん、今のぼくから見れば子供なのだが、音楽で、難関高校に入学できるほど実力があるなんて、いったいどんな子なのだろう。

その世代の女の子は、自分が中学生のときの同級生のことしか知らない。当時は同い年なのに、男子たちよりも大人びて見えた。口喧嘩《くちげんか》をしても、簡単に言い負かされてしまうし、馬鹿騒ぎをしたりもしない。

小学校のとき一緒に遊んだ友達が、一足飛びに大人になってしまったような気がした。

そのときの印象のせいか、今でもその世代の女の子たちは賢くて正しいように見える。

食事を終えて、帰る早川夫妻を見送るときに、三舟シェフは言った。

「お嬢さんのお祝いの会が、よい思い出になるように力を尽くします」

そうなればいいと、ぼくも思う。

†

早川夫妻から予約が入っていたのは、日曜日の夜八時だった。

決して遅い時間ではないが、中学生が一緒ならもっと早い時間からはじめるかと思っていた。

「この前言っていたけど、昼間、オペラを観てから食事をするそうよ」

金子さんが教えてくれた。この前、来店されたときに話を聞いたらしい。

「ふえー」

「なによ、高築《たかつき》くん、その間の抜けた声」

「ぼくの中学時代に、オペラもフランス料理も縁がなかったなあと思って」

「わたしだってそうよ。そもそも中学時代に縁のある人なんて、ごくわずかでしょ」

たしかにそうだ。フランス料理はともかく、オペラとなると、簡単に見られない地域のほうが多いし、単純に裕福かどうかの問題でもない。興味のない保護者なら、子供を連れて行こうと考えることなどないだろう。

「そもそも、連れて行ってもらえるからラッキーって決まったわけでもないでしょうしね。早川さんのところはお嬢さんも好きだという話だけど、好きでもないのに、親の意向で連れて行かれるのはむしろかわいそう」

言われてみれば、十代の頃の自分がオペラを見に連れて行かれても、退屈しかしなかったような気もする。学校で連れて行かれた歌舞伎鑑賞教室も、居眠りをしてしまった。

「まあ、それとは別にうらやましいなあとは思うよね。子供の頃の文化資本が豊かだと」

金子さんはそう言って、奥に入っていった。

今日は未成年がくるから、フランス製のおいしいフルーツジュースを取り寄せてあるらしい。

予約時間を少し過ぎた頃、早川さん一家がやってきた。

初めて会う結莉亜さんは、ショートカットの少年のような女の子だった。瘦《や》せているせいか、中学一年生くらいにも見える。将来はオペラ歌手を目指していると聞いていたので、華やかで大人びた少女を想像していたが、どちらかというと素朴で飾り気のない雰囲気だ。

少し緊張した面持ちで、両親に挟まって店内に入ってくる。

ジャケットやコートを預かってから、ぼくは三人を奥の席に案内した。キャンドルと一緒に薔薇《ばら》の花をテーブルに飾っている。

本日のメニューをテーブルに持っていく。結莉亜さんは目を見開いて、メニューを凝視している。

たぶん、中学生のときのぼくもそうしただろう。はじめて目にする料理名も多いはずだ。ロニョン・ド・ヴォー、ナヴァラン・ダニョー、牛タンとフォアグラのルクルス。たぶん、中学生のときのぼくなら、見たことも聞いたこともないカタカナの群れ。

質問があれば、料理の説明をするが、今日はくわしい重則さんと暁美さんが、彼女に説明をしている。必要はなさそうだ。

だが、結莉亜さんの表情がひどく固い気がする。慣れない場所だからか、それとも普段からこういう雰囲気の子なのか。

彼女は顔を上げて、ぼくを見た。

「前菜のおすすめってありますか?」

幼く見える外見と打って変わって口調は大人っぽい。ぼくが口を開こうとする前に、重則さんが割って入った。

「前菜はスモークサーモンとグレープフルーツのサラダ仕立てがおいしいよ。パテ・ド・カンパーニュもここのおすすめだ」

どうやら、重則さんは娘を溺愛《できあい》しているようだ。こういうときは、下手に口を出さないほうがいい。

結莉亜さんはメニューから目を離さずに言った。

「スモークサーモンって、どこのですか？　フランスの？」

「フランスでは鮭は捕《と》れないだろう。どこのかな？」

重則さんに尋ねられたので答える。

「今は北海道産のものを使っています」

結莉亜さんはぼくを見上げた。

「フランス料理ですよね。フランスでは、どこの鮭を使ってるんですか？」

「もちろん加工会社にもよるでしょうが、ノルウェー産のものが多いようです」

なぜ、そんなことを気にするのだろうか。彼女は口の中で、小さく「ノルウェー」とつぶやいた。

結莉亜さんが選んだのは、「スモークサーモンとグレープフルーツのサラダ仕立て」と、「仔《こ》羊《ひつじ》の香草《ペルシヤード》焼き黒トリュフ風味のフリットを添えて」だった。デザートはシェフが特製のデザートプレートを用意している。

仔羊の香草《ペルシヤード》焼きには、普段、季節の野菜を添えるのだが、フリットを添えたのは、結莉亜さんがポテトフライが好きだと聞いたからだろう。

飲み物は、アプリコットのネクターが選ばれた。グラスに注がれたそれを、一口飲んだ結莉亜さんはぱっと笑顔になった。

「おいしい……！」

その顔にほっとしたのも束の間、また彼女の顔は暗くなる。

重則さんと暁美さんは、さきほど観てきたらしいオペラの話をしている。

「トゥーランドット役の人、わたしははじめてだったけど、とてもよかったわね」

「ああ、声に怒りのパワーがあって、それが素晴らしい」

重則さんが注文した、フォアグラと牛タンのルクルス、結莉亜さんと暁美さんのスモークサーモンをテーブルに運ぶ。

スモークサーモンとグレープフルーツが花びらのように盛りつけられた皿を見て、結莉亜さんはためいきのように言った。

「きれい……」

ルクルスは、フォアグラと牛タンを薄く切って重ねたフランスの郷土料理で、赤ワインにとてもよく合う。挽《ひ》き立ての黒胡椒《くろこしょう》を味のアクセントにしている。

重則さんは満足そうに、フォークでそれを口に運んでいる。

「結莉亜も一口食べてみるか」

「いらない。お行儀がよくないし」

冷たく感じられるほどの口調だったが、重則さんは別に気にした様子もない。普段からこんな感じなのだろうか。

結莉亜さんは小さくスモークサーモンを切って、ドレッシングをかけた野菜と一緒に口に運んだ。

脂《あぶら》ののったスモークサーモンは舌の上でとろけるし、グレープフルーツの果肉とパッションフルーツを使ったドレッシングが爽《さわ》やかだ。

「おいしいでしょう。結莉亜」

「うん、おいしい」

そう答えるが、先ほどのネクターを飲んだときのように表情は晴れやかではない。

あまり顔ばかり見ていると、彼女を怖がらせてしまうかもしれないが、彼女の表情の変化が少し気になった。

一度、ホールから出て、厨房《ちゅうぼう》にいる金子さんに話しかける。

「結莉亜さん、なんかあまり楽しくなさそうですよね」

「わたしも思った。中学生だし、普段からあんな感じなのかな、とも思うけど、志望校に合格したお祝いなんだから、もうちょっと楽しそうでもいいようなものだけど」

デセールのフルーツタルトを切り分けていた志村さんが手を止めて、こちらを見る。

「結莉亜ちゃん？　何度か会ったけど明るくて礼儀正しい子で、不機嫌にしていることなんてそんなにないけどな」

だとすれば、やはりなにかあったのだろうか。

ホールに戻る。暁美さんや重則さんがほとんど前菜を食べ終わっているのに、結莉亜さんの皿にはまだスモークサーモンが半分ほど残っている。口に合わないのだろうか、と心配する。

結莉亜さんはカトラリーを持つ手を止めて、顔を上げた。

「わたし、今日のオペラ、あんまり好きじゃなかった」

そう聞いた暁美さんは、驚いたような顔になった。

「なにを言っているの、名曲ばかりの有名な演目じゃない。ソリストもみんな素晴らしかったし、なにが気に入らないの？」

「なにがって……なんとなく」

重則さんが厳しい口調でたしなめる。

「結莉亜。なにかを批判するなら、きちんとその根拠が必要だ。印象だけで貶《けな》すものじゃない」

少し胸が痛んだ。重則さんの言うことは正しいが、言語化するのに時間がかかる違和感もある。子供のうちは、ボキャブラリーも知識も少ないからよけいに難しいはずだ。

そこを無視して、正論で咎《とが》めようとするのはいいことではないと思う。

暁美さんが、結莉亜さんの顔をのぞき込む。

「なにが気に入らなかったの？」

彼女はしばらく黙っていた。ようやく口を開く。

「どうして中国の話なのに、歌っているのは中国人やアジア人じゃないの？」

重則さんはぷっと噴き出した。

「なに言っているんだ。オペラなんだからそういうもんだよ。歌舞伎が日本人ばかりなのと同じだ」

結莉亜さんはかすれたような声で言った。

「そうなの……？　中国人や日本人のオペラ歌手はいないの？」

「いるに決まってるでしょ。この前、一緒に観に行ったのは日本の歌劇団だから、全員日本人だったわよね」

「そういうことを言ってるんじゃなくて……」

結莉亜さんの目が少し潤《うる》んでいるような気がした。

「じゃあなんなの？」

「黒人のオペラ歌手はいないの？」

「いるわよ。ええと、わたしも何度か観たことがあるけど……有名な人だっているわよ」

「でも、少ないんだよね」

重則さんの声がとげとげしくなる。

「せっかくの食事がまずくなるから、そんな話はやめなさい」

結莉亜さんがきゅっと唇を引き結んだ。残っていたスモークサーモンを乱暴にフォークで突き刺して、口に運ぶ。

前菜の皿が空いたから、メイン料理を運ぶべきだ。だが、テーブルの雰囲気はとてもなごやかとは言えない。

給仕係にできることは少ない。ぼくは空いた皿を厨房に運んだ。ちょうどメイン料理ができあがってくる。重則さんの真鯛《まだい》のポワレ、暁美さんのカスレ、そして結莉亜さんの仔羊の香草《ペルシ》焼《ヤード》きだ。

志村さんが、ぼくに手招きする。

「高築くん、早川さんたち、どんな感じ?」

「雰囲気は最悪です。オペラの評価でちょっと揉《も》めていて……」

そう言うと、そこまで深刻ではないような気になるが、口喧嘩は内容の問題ではないと思う。誰かの意見をどう聞くか、どう否定するか、そこが重要だ。

「心配だな。後で見に行くから、とりあえず、料理運んでくれる?」

言われた通り、皿を三つ持って、テーブルに向かう。近くのワゴンに置いてから、ひとつずつテーブルにサーブする。

結莉亜さんが口を開いた。

「わたし、やっぱり公立に行こうかな。これからだったら受験も充分間に合うし」

暁美さんの顔色が変わった。

「なにを言ってるの! せっかく、仙女学園に受かったのに! 入学金だってもう納めてしまったのよ」

「でも、仙女に三年通うことを思えば、公立高校に行けば、入学金よりももっと安い学費で済むでしょ」

「そういう問題じゃないでしょ」

「入学金のことを言いだしたのは、お母さんでしょ」

料理の説明をするような雰囲気でもない。ぼくは、その場を離れようとした。

重則さんが声を荒らげた。

「せっかくおいしいものを食べにきているのに、なんだその態度は！　もうそんな話はやめなさい！」

結莉亜さんが鋭い声で言った。

「別に連れてきてくれなんて、頼んでない！　フランス料理なんか全然食べたくないし！」

タイミングが悪かった。他のテーブルでかわされていた会話がちょうど途切れ、店内がしんとしたときだった。

結莉亜さんの声は店中に響き渡った。

彼女自身もそれに気づいたのだろう。耳まで真っ赤になる。

結莉亜さんは椅子から立ち上がった。

「どうしたの？」

「もう帰る！」

そう言い切ると、早足で店から出て行く。コートを渡す暇もなかった。

暁美さんが困ったような顔で腰を浮かせた。

「大丈夫だから座りなさい。せっかく料理がきたのに、食べないと申し訳ないだろう」

どうしようか迷いながら、ぼくは早川夫妻に話しかけた。

「外を見てきましょうか」

「いや、ここから家までは歩いて帰れるし、大丈夫だと思う。結莉亜は『帰る』と言ったわけだし……」

時刻はまだ十時にもなっていない。このあたりなら危険なことも少ないだろう。

「お騒がせして、ごめんなさい」

暁美さんが頭を下げようとするから、慌《あわ》てて止める。

「うちは別に大丈夫です。お気になさらず……」

もっとひどい喧嘩が繰り広げられたこともある。先ほどくらいなら、騒がしかったうちにも入らない。

念のため、訊いてみる。

「お嬢さんの分、お持ち帰りになりますか？」

早川夫妻は顔を見合わせた。口を開いたのは、暁美さんだった。

「じゃあ、お願いします」

†

早川夫妻や他の客が帰った後、三舟シェフに呼び止められた。

「高築、早川家、なにで揉《も》めてたんだ？」

「きっかけは、今日観に行ったオペラがあまり好きじゃないって、お嬢さんが言ったことみたいですけど……」

「それで?」

三舟シェフはきょとんとしている。まあ、ぼくもそこから、あんなにこじれてしまうとは思わなかった。

「『トゥーランドット』に、中国人が出ていなかったとか、オペラ歌手に黒人は少ないとかそういう話をしていました。それで、急に結莉亜さんが、高校は公立に行こうと思っていると言い始めて……」

「そこから、フランス料理なんて食べたくない、になるのか……」

シェフは顎《あご》を撫でながら、考え込んだ。携帯電話でメールを確認していた志村さんが言う。

「結莉亜ちゃん、無事に家に帰ってたそうです」

それを聞いてほっとする。

彼女と早川夫妻が仲直りできたのかも気になるが、家族ならば仲直りするしかない。

結莉亜さんは、どんな鬱屈《うっくつ》を抱えているのだろう。なぜ、せっかく受かった難関高校を蹴《け》って、公立に行きたいなどと言いだしたのか。

謎は深まるばかりだが、彼女がなにを考えていたのか知るのは難しい。

いつか、志村さんから彼女がどうなったのか聞けるだろうか。

†

彼女との再会は、思っていたよりもずっと早かった。

翌日、結莉亜さんが学校帰りに、店にやってきたのだ。

ブレザーの制服にマフラーだけ巻いた姿で、彼女は店のドアを開けた。

「あの、早川です……。昨日は大変失礼なことを言って、申し訳ありませんでした」

ぺこり、と、頭を下げる。

「大丈夫、大丈夫。誰も全然気にしてないよ！」

金子さんが、ぽんぽんと結莉亜さんの肩を叩くと、彼女はようやく笑顔になった。

厨房から、志村さんとシェフが顔を出す。

「昨日は、お料理とケーキ、ありがとうございました。家でいただきました。とてもおいしかったです」

おじさんたちは、女子中学生を前にして少し挙動不審になっている。シェフが咳払いをした。

「作りたてはもっとおいしかっただろうけど、楽しんでもらえたならよかった」

結莉亜さんはもう一度頭を下げた。

「すみません。失礼なことをして」

金子さんは、カウンターの椅子を引いて、結莉亜さんを座らせた。

「さあ、せっかくきたんだから、カフェラテでも飲んでいって。今作ってあげるから」

「あ、あの、おかまいなく……」

シェフが続けて尋ねる。

「昨日の料理でなにがいちばん、口に合いましたか？」

彼女は少し考えてから、悪戯《いたずら》っぽい顔で笑った。

「ポテトフライ……って言ったら失礼ですか？」

その気持ちはわかる。シェフが作るトリュフ風味のフリットは最高においしい。常連客の中には、おかわりをする人もいるくらいだ。

「あれこそ、本当は揚《あ》げたてを食べてもらわないと。またご両親と一緒にきてください。昨日のことは全然気にしなくていいから」

「ありがとうございます」

金子さんがカフェラテを運んでくる。ミルクの上には、可愛らしいクマの絵が描かれている。ラテアートだ。

それを見た結莉亜さんは、顔をほころばせた。

「可愛い……」

素直に心から漏れた声だった。彼女はマフラーを外して、鞄《かばん》と一緒に隣の椅子に置くと、カフェオレのカップを口に運んだ。

「おいしい。とても温まります」

頬がぽっと赤くなっている。まるで灯が点《とも》ったみたいだ、と思う。

結莉亜さんはシェフのほうを見た。

「ひとつお訊きしていいですか？」

「もちろん。ひとつでもふたつでもみっつでも」

少しずつ、彼女の緊張が和《やわ》らいでいくのを感じる。

「シェフは、日本人なのにフランス料理の修業をすることに悩まなかったんですか？」

「もう昔のことだからなあ。当時は、無我夢中だったたし、自分がやりたいことしか見えてなかったし……それに、日本人だから日本料理を勉強しなければならないと決まっているわけじゃないでしょう」

結莉亜さんは頷《うなず》いた。

「もちろんです。そういう意味じゃないんです」

シェフは、「じゃあどういう意味？」とは訊かなかった。

「結莉亜さんはなにか悩んでいるんですか？」

彼女は下を向いた。否定しないということは、シェフの問いが正しいことになる。

「怖くなったんです」

「怖い？」

彼女はカップを両手で温めるようにした。

「わたし、ハリウッド映画をネット配信で観るのが好きなんです。だいたいどの映画も主人公は白人だけど、アジア人や黒人のキャラクターがいて、他にもヒスパニックや中東系の人たちもいて……でも、ヨーロッパの来日公演のオペラを観たとき、そこにはほとんど白人しかいなくてすごく怖くなってしまったんです。自分はこの世界に受け入れてもらえるかどうかということと……自分がこの世界を当たり前だと思ってしまうことが」

シェフは小さく頷いた。結莉亜さんは喋《しゃべ》り続けた。

「テレビなどを見ても、フレンチのシェフはだいたい白人男性ですよね。黒人の人はそんなに多くないし、女性も少ない」

「ええ、ぼくの友達にもいるけどすごく少ないです。この世界は偏《かたよ》っていて、だから、それを愛することは、少しだけ差別に加担することかもしれない」

結莉亜さんは目を見開いた。そこには怯《おび》えのようなものが映っていた。

「結莉亜さんは、オペラは好きですか」

「……今はわからないです。でも、前は好きだったし、今も歌うことは好きです」

シェフは微笑んだ。

「この社会の中で、まったく偏っていない世界なんて、ほとんどない。暁美さんが、オペラ歌手を続けることを諦めたのも、結婚して働く女性に社会が冷たかったからです。今でもまったく平等とは言えないし、セクシャルマイノリティや障害を持つ人なども、声を上げられる人は少ない。でも、まったくどの社会にも加わらないで生きるには、山に籠《こ》もったり、無人島に住むしかない」

結莉亜さんは、驚いたような目でシェフを見た。

「仕事を持ったり、好きなものを見つけたりすることは、多かれ少なかれ差別に加担することだとぼくも思っています。でも、それを避けて山に籠もっていても、その差別がなくなることはない。もしかしたら、結莉亜さんは驚くかもしれない」

「なにをですか?」

「ハリウッド映画だって、はじめから今のようではなかった。少し前までは、登場人物は白人ばかりで、黒人やアジア人はコミカルな役ばかりを割り当てられていた。女性はセクシーな格好ばかりをさせられている。今もそうですが、年を取った女優の仕事は、年を取った男性俳優より少ない。男女のギャラも全然違うそうです」

そう言うとシェフは息を吐いた。

「関わる人たちが少しずつ変えていくんですよ」

結莉亜さんははっとした顔になった。

シェフは時計を見て言った。

「結莉亜さん、今日は夕食はお家《うち》ですか?」

彼女は頷いた。

「今日は父も母も遅くて……母がカレーを作ってくれているから、自分でごはんを炊《た》いて、ひとりで食べます」

「よかったら、召し上がっていきませんか? ごちそうしますよ」

彼女の目が丸くなる。

「そ、そんな! 申し訳ないです」

「ぜひ、召し上がってもらいたい料理があるんですよ」

「料理?」

「クスクス、御存知ですか?」

「可愛い名前ですよね。サラダに入っているのは食べたことがあります」

「本場の食べ方で、ぜひ、召し上がってください」

結莉亜さんはおずおずと頷いた。

「じゃあ……おことばに甘えて」

†

結莉亜さんの前には山盛りのクスクスと、別のボウルに入れたトマト味のシチューが置かれた。シチューの中には、鶏肉《とりにく》とニンジン、ズッキーニ、蕪《かぶ》などの野菜、それにひよこ豆がたっぷり入っている。

鶏肉はスプーンで切り分けられるほど柔らかく煮えているが、野菜は煮《に》崩《くず》れることなく、それぞれの輪郭をしっかりと保っている。辛くはないが、シナモンやクミンなどのスパイスが、どこか遠い国の香りを運んでくるようだ。

シチューをクスクスにかけて、口に運んだ結莉亜さんはたちまち笑顔になった。

「おいしい。すごく優しい味です。おばあちゃんが作ってくれるシチューみたいなのに、スパイスも効いていて……これもフランス料理なんですか?」

シェフは少し考え込んだ。

「うちの店でも、ランチに出したりしていますし、フランス料理とも言えるかもしれない。なんたって、フランスの国民食のひとつですから。専門店もたくさんあるし、日本のカレーみたいな料理ですよ」

カレーをごはんにかけてスプーンで食べるように、クスクスもスプーンでぱくぱく食べられる料理だ。

「それはなんかわかります」

クスクスとシチューをどう混ぜるかを自分で決められるところもカレーに似ている。

「でも、これはもとは北アフリカの料理なんですよ。フランスが植民地にした国の料理が、いつの間にかフランスの国民食になったんです」

結莉亜さんは、スプーンを手にクスクスの皿を見下ろした。びっくりしたような顔になっている。

シェフは続けて言った。

「文化は決して一方通行じゃない。迫害された側が、影響を与えることだってあるんです」

†

クスクスを食べ終えると、結莉亜さんは礼を言って帰って行った。

彼女がどんな結論を出すかはわからない。

だが、ぼくは思うのだ。彼女が選ぶ道が、彼女にとって間違いであるはずはないと。

未来のプラトー・ド・フロマージュ

Le plateau de fromages du futur

大変なことになってしまった。

中国の武漢《ぶかん》で、肺炎を起こすウイルス感染症が流行しているという話を聞いたのは、一月のはじめだろうか。

もともと、ビストロ・パ・マルは、商店街の中にあるビストロで、客はほぼ地元の人たちか、フランス地方料理が好きで、少し遠出してやってくる人たちだ。あまり影響はないだろうと、高をくくっていたが、二月、三月と、日本でも感染者が増え始めた。その後、欧米でも大変なことになっているというニュースが毎日流れるようになった。

それと同時に、予約が減り始め、結婚式の二次会や、送別会などの貸切もすべてキャンセルになった。

店の売り上げはこれまでに見たことがないほど減った。その上に四月に入ると緊急事態宣言が発表され、商店街全体で、営業時間は夜八時まで、お酒の提供は七時までと決められてしまったのだ。

〈パ・マル〉のコースは、三品か五品の二種類だが、三品のコースでも食べ終えるまでには一時間半か二時間くらいはかかる。とても八時までに店を閉めることなどできない。おまけに、七時以降のお酒まで禁じられたら、大打撃だ。フランス料理店は、売り上げに占めるワインの割合が大きいのだ。

とりあえず、ディナーは夜七時半ラストオーダーということにして、ランチも三組に限定して、営業を行うことにしたが、それだって大赤字だ。

普段は、あまり店にこないオーナーも、帳簿をチェックしては、ためいきをついている。オーナーはこのあたりで、五軒のレストランを経営している実業家だから、頭の痛いことばかりだろう。

四月の半ば、店にやってきたオーナーはこう言った。

「テイクアウトやってよ」

商店街でも、ほとんどの店が、テイクアウトをはじめたり、弁当を売ったりしている。だが、フレンチは原価率が高いから、テイクアウト販売をすることで、かえって赤字になる可能性もある。

志村さんがそう説明したが、オーナーの気持ちは変わらないようだった。

「じゃあ、テイクアウト用に安い素材のメニューを開発すればいいじゃないか。幸い、肉や魚の値段は下がっているんだし……」

たしかに、休業しているレストランも多いから、質のいい魚や肉が手に入りやすくなっているのは事実だ。しかし輸入食材などは手に入りにくくなっているし、プラスマイナスゼロになるかも怪しい。

それでも、他に選択肢はない。赤字になることは避けられなくても、少しでも赤字を減らすことはできるかもしれない。

三舟シェフと志村さんは、頭をつきあわせて、テイクアウトメニューの開発に挑むことになったのだ。

ラッキーなことに〈パ・マル〉はときどきケータリングをするから惣菜取り扱いの資格も取っている。これがあれば、デリボックス形式での販売だけではなく、一品料理だけを販売することもできる。

ホールスタッフのぼくと金子さんも、後片付けと試食のために残業をすることになった。

厨房《ちゅうぼう》のアイランドキッチンで、三舟シェフはためいきをついた。

「せっかく、そろそろいいジビエが入ってくる時期なのに……」

二月半ばから秋までは禁猟期間なので、ジビエは秋冬がシーズンではあるのだが、去年から契約している個人の猟師は、ひとりで山を歩いてジビエを撃つので、狩猟期間はほとんど連絡が取れない。

狩猟期間が終わってから、いろいろ納品されるはずだったのだが、テイクアウトでジビエというのもなかなか難しい。

志村さんが事務所から持ってきたホワイトボードに料理名を書く。

「アントレはいろいろ選んでもらえるように、小さなポーションにしましょうか。店でも出しますし」

ラタトゥイユ、パテ・ド・カンパーニュ、スモークサーモンとピンクグレープフルーツのサラダ。

三舟シェフは首を傾《かし》げた。

「サラダはどうなんだろうなあ。生はいつ食べるかわからない状態で売るのは厳しいんじゃないか。サラダのテイクアウトをやっているところは、野菜をなんらかの形で殺菌しているだろう」

レストランでサーブする料理は、すぐに食べてもらうことが前提だが、テイクアウトはそうではない。

「じゃあ、サラダはやめますか」

二本線を引いて、サラダの文字を消す。

「リエットや、シャルキュトリーの盛り合わせとかもいいだろうな。保存食だし」

「でも、それだとアントレがほとんど肉類になりますよね」

「うーむ……スモークサーモンをそのまま販売するか……」

事務所でパソコンを使って発注作業をしていた金子さんが、キッチンに戻ってくる。

「シェフ、テイクアウト用の使い捨て容器も、今品薄《しなうす》なんですけど、早く決めてもらえます？」

注文してもすぐにはきませんよ」

「ああ、そうか。どこも急にはじめたわけだしな……」

「じゃあ、ぼくが適当に発注しておきます。アントレ用の小さいカップと、メイン料理を入れる大きめの容器があれば、とりあえずはなんとかなりますよね」

そう言う志村さんに、シェフは下を向いたまま頷《うなず》いた。

「ああ、頼む」

金子さんがなにか言いたげな顔をしているので、ぼくはそっとキッチンから出た。思った通り、金子さんもついてくる。

ぼくに向かって金子さんが小さな声で言った。

「本当はさ、しばらく休みをもらうか、週、三日くらいの勤務にしてもらおうと交渉するつもりだったのに、テイクアウトがはじまるなら難しそうね」

「なんでですか？」

驚いて、少し大きな声を出してしまった。金子さんがわざとらしいしかめっ面《つら》で睨《にら》み付ける。

「なんでって、シェフと志村さんが忙しくなるからでしょうが」

「いや、そっちじゃなくて、なんで休みを……」

「だって、店が暇になるなんて、めったにないことじゃない。せめて溜まっている有休は取らせてほしいし、お給料が減ってもいいから少し休みたい」

たしかに、いつもぎりぎりの人数でまわしている店だから、なかなか有給休暇を取りたいとは言い出しにくい。

「でも、今休んだって、旅行にも行けないし、友達とも会えないじゃないですか」

今は不要不急の外出は推奨《すいしょう》されていない。ぼくも先月から、友達に会うことをやめているし、生活必需品以外は、買い物にも行っていない。

接客業だけに、自分が感染してしまうと、多くの人に迷惑がかかる。店もしばらくは休業を余儀なくされるだろう。

今、有休をとっても、楽しいことはなにもなさそうだ。

「まあ、旅行にも映画にも行けないけど、それでも部屋を片付けたり、積ん読本を読んだり、配信で映画を観たりとか、やりたいことはたくさんあるよ。店だって今は人員が少ない方が助かるでしょ」

そういえば、金子さんは商店街の俳句教室に通っていたはずだ。

「俳句教室って今はどうしてるんですか。休み？」

「週に一回、オンラインでやってるわよ」

ぼくですら、オンラインミーティングなどやったことないのに、趣味のある人は情報のアップデートが早い。

「他に中国語もオンラインレッスンで勉強しているから、別に外に行かなくても忙しい」

「なるほど……」

なんとなく、家でぼんやりしていた自分が恥ずかしくなる。英語は接客に必要だからと一時期ラジオ講座などで勉強していたが、最近では志村さんと金子さんに任せっきりだ。

「ぼくもこの機会になにかはじめようかなあ」

ざっくりとしたことをつぶやくと、金子さんが声をひそめて言った。

「ぶっちゃけ、この後フレンチレストランが、生き延びていくのも簡単じゃないと思うしねえ」

ずっと心に引っかかっていたことだが、あまり考えないようにしていた。金子さんにはっきり言われて、胃がきゅっと痛くなる。

「やめてください……」

レストランそのものが継続していけるかどうかも難しいかもしれない。三舟シェフは「人は美味《うま》いものを食べたくなるもんだ」と、気楽に構えているようだが、お客様は減るだろうし、店の規模が小さくなれば、サービス係も必要なくなるかもしれない。

せっかくフランス料理の勉強もしてきたのだから、この仕事を続けたいとは思うが、続けたいと思うことと、続けられることとは違う。

「金子さんはもし、ソムリエが続けられなくなったらどうするんですか？」

「ワインが飲まれなくなることはないと思うから、オンラインショップか、それともどこかに小さな店を構えて、ワインの販売でもやるかなあ」

即座に答えたということは、ずっと考えていたのだろう。

落ち込んだ顔をしているぼくに気づいたのか、金子さんは慌《あわ》てて言った。

「あくまでもプランBよ。プランB。食事に合わせてワインを選んだり、薦めるのが好きなんだから、レストランで働きたいよ」

それでも、世界の形が変わっていくなら、ぼくたちも違う働き方を探さなければならない。今は信じるしかない。きっと元の世界が戻ってくると。

†

テイクアウトとして、売り出すメイン料理は三品ということになった。

アントレはラタトゥイユやパテ・ド・カンパーニュ、スモークサーモンとシャルキュトリーの盛り合わせ。メインは、ポトフ、若鶏《わかどり》の赤ワイン煮込み、それからミロントンの三品を中心に売り出していく。

他にはデザートのタルトと、フロマージュの盛り合わせなども販売する。テイクアウト用ではないメニューもお客様の注文があれば、臨機応変に対応していくことにする。

ミロントンをテイクアウトメニューに入れることについては、志村さんと三舟シェフの間で、かなりの討論があった。

一足早くテイクアウトをはじめたフレンチレストランにリサーチをかけた志村さんによると、やはり持ち帰りではカレーの人気が高かったらしい。

「この際、新規客獲得のために作ってみてはいかがですか？　最近ではフレンチでもカレーに近いスパイシーな料理が流行《はや》っていますし」

志村さんの提案に、三舟シェフは渋い顔をした。

「いや、美味《うま》いよ。カレーは美味い。でもなあ、客に出すのはなあ」

たまに、まかないでカレーライスが出ることがあるが、専門店を出しても繁盛するのではないかと思うくらい、おいしい。

「もし、シェフが気乗りしないなら、ぼくが作ってもいいですけど」

「それもいいけどなあ。カレーならどこでもやってるじゃねえか」

考え込んでいたシェフが、ふいに膝を打った。

「そうだ！　ミロントンはどうだ？　ミロントンとバターライス」

ミロントンもときどき、まかないに出てくる。牛肉のトマト風味煮込みで、バターライスにかけて食べる。ハヤシライスに似ていて、日本人が好きな味だとは思う。

ただ、カレーにくらべると、圧倒的に料理としての知名度が低いし、料理名を見ただけで興味を持ってくれる人は少ないだろう。

だが、こういう場合、譲るのはいつも志村さんだ。

「わかりました。ミロントンにしましょう」

シェフは、どうしてもフランス地方料理にこだわりたいのだろう。もちろん、それが目当てできてくれるお客さんたちもたくさんいるから、ただ幅広く人に受け入れられる料理を販売するだけが正解ではない。

店のウェブサイトに『テイクアウトはじめました』という案内を出したのが、数日前、少しずつテイクアウトの注文も入り始めた頃のことだった。

普段は、夕方は六時からの開店なのだが、今はラストオーダーが早いのと、テイクアウトの受付のために、五時から店を開けている。とはいえ、五時からやってくるお客様は少ない。今日は六時から二組だけ予約が入っている。

ドアに付けたベルが鳴って、厨房にいたぼくは慌てて、ドアのほうに向かった。

「いらっしゃいませ」

少し驚いた。そこにいたのは、どう見ても中学生くらいの男の子だった。目に鮮やかなオレンジのパーカーを着ている。

ひょろりと背だけは高いが、身体は薄いし、顔は幼い。眼鏡越しにおどおどとレストラン内部を見回している。

家族と一緒に子供がやってくることも、ごくたまにはあるが、中学生がひとりだけなんて、めったにないことだ。

客ではなく、道を尋ねにでもきたのだろうか。

「ええと……今日は……？」

おそるおそる尋ねると、少年はおそるおそる口を開いた。

「あの……テイクアウトって……今やってますか？」

「はい、もちろんです」

ぼくは金子さんが作ったテイクアウト用のメニューを、彼に渡した。

「少し考えていいですか？」

「もちろんです」

他に客は誰もいない。カウンターの椅子を勧めると、少年はきょろきょろしながらも腰を下ろした。

見れば、オープンキッチンの中から志村さんと三舟シェフが目を丸くしてこちらを見ている。ぼくは少年に気づかれないように、声を出さずに「テイクアウト」とふたりに伝えた。ふたりはほっとしたように頷いた。

少年はまだメニューを眺めている。ぼくは彼に話しかけた。

「ご説明が必要でしたら……」

「大丈夫です」

間髪《かんはつ》を容れずに断られた。

なんとなく、彼は自分がここで場違いだということに気づいている。だが、ビストロにひとりでくる中学生が場違いな理由というのはなんなのだろう。

ぼくも先ほど、テイクアウトだと聞いて、ほっとした。子供だって、ひとりで食事をする必要に迫られることもあるはずなのに、彼がひとりでこのレストランで食事をすることを想像すると、戸惑いを感じる。

定食屋やファストフードなどとくらべて、値段が高いからか、ワインを飲む人が多いからか。何度か店にきて、よく知っている子供だったり、保護者から食事をさせてほしいと頼まれることがあったのなら、不安にはならないと思う。

少年は、顔を上げた。

「あの……すみません」

「はい、お決まりですか？」

「ええと……パテ・ド・カンパーニュと、それと若鶏の赤ワイン煮込みをください」

「何人分ですか」

少年は少し躊躇《ちゅうちょ》したように見えた。

「一人分ずつです」

「承知いたしました。少々お待ちください」

ぼくは厨房にオーダーを告げに行った。

「コック・オ・ヴァンとパテ・ド・カンパーニュ一人前ずつお願いします」

「よっしゃ」

シェフが冷蔵庫からパテ・ド・カンパーニュを出す。若鶏の赤ワイン煮込みの鍋をのぞいていた志村さんが言った。

「オレンジジュースでも出してあげれば？」

たぶん、中学生のように見える彼が、緊張していることに気づいていたのだろう。

グラスに入れたオレンジジュースを持って行くと、少年は恐縮したように身体を縮めた。

「すみません。ありがとうございます」

五分ほど経《た》って、紙袋に入った料理が厨房から出てきた。

「お会計は二千三百七十六円でございます。本日中に召し上がってくださいね」

パテ・ド・カンパーニュが七百円で若鶏の赤ワイン煮込みが千五百円。それプラス消費税だ。レストランで食べるよりは、手頃な価格にしてあるが、それでも中学生の夕食代として安いとは言えない。

もちろんこの少年の家がお金持ちで、子供の夕食代に二千五百円をぽんと渡せる可能性もあるだろう。

彼は、デニム素材の小さな財布から、くしゃくしゃになった千円札を二枚と五百円玉を取り出した。おつりとレシートを渡すと、彼はぺこりと頭を下げた。

「ありがとうございます」

「ありがとうございました。またお越しくださいませ」

いつもと同じルーティンの挨拶だったのに、少年は少しだけ歯を見せて笑った。

†

彼が店を出て行くと、金子さんが奥から出てきた。どうやら奥でこっそり見ていたようだ。

「びっくりした。まだ中学生くらい?」

「ですね。高校生にはなってないと思います」

十三歳から、せいぜい十五歳だろう。

「一人分だけ買っていったの? 誰かへのプレゼントか、それとも自分の夕食か……」

ぼくが中学生のときのおこづかいはいくらだっただろうと思い返す。月に二千円か三千円。

ＣＤを一枚買ってしまえば終わりだ。高校生になって五千円になったことが、やけにうれしかったことを思い出した。

厨房から志村さんが話に加わった。

「もしかすると、家が忙しくて、毎日夕食を買っているのかもしれないですね。いろいろ食べてみて飽きたから、新しくテイクアウトをはじめたうちにきたのかも」

その可能性は高い気がする。たとえば、毎日食事代に千円をもらっていて、普段は安い弁当を買ったりしているのなら、たまに二千五百円を捻出《ねんしゅつ》するのは難しくないだろう。

シェフはベビーリーフをサラダスピナーにかけながら言った。

「俺は中学生のとき、フランス料理なんか食べたことなかったぞ。俺なら同じ二千五百円を出すなら、焼き肉でも食べる」

「それは個人の好みです」

金子さんが即座にそう答える。

しかし、シェフは二十代前半にはすでにフランスに修業に行っていたはずだ。いつ頃、フレンチに目覚めて、いつ頃料理人を目指そうと考えたのか興味がある。

「志村は子供の頃から、ときどき食べに行ってたんだよな」

シェフに話を振られて、志村さんは悪びれることなく答える。

「そうですね。祖父母との食事会とかに、よくフランス料理店に行きました。お行儀良くしていないと怒られるので、楽しいわけじゃなかったですけどね」

さっきの彼もこの店にくるのがはじめてなだけで、フランス料理に慣れているのかもしれない。

†

SNSでテイクアウトの写真を上げてくれるお客さんがいて、その結果少しずつテイクアウトの注文も増え始めた。GWに向けて、自宅用のケータリングの予約などもあって、しばらくは、この営業形態でも続けて行けそうな気配はしてきた。

だが、マスクと使い捨ての手袋で、テイクアウト用の調理をしているシェフや志村さんの姿には、いつまで経っても慣れることはない。

オープンキッチンで、カウンターのお客さんと談笑しながら料理を作っていた姿が、遠い昔のようだ。ほんの二、三か月前までは、その光景が当たり前だったのに。

今はカウンター席はお客さんを案内しないようにしている。

もしかすると、営業を前と同じように再開できるようになっても、料理人と客の距離はもう元には戻らないのかもしれないとも思う。

ビュッフェ形式のレストランは、ほとんど休業してしまっている。多少、感染者が減ったところで、またあの形式で営業できるのだろうか。

世界は変わり続けている。

その日の夕方、ぼくは近所の生花店に買い物に出かけた。

今まではテーブルに飾る花は、毎日配達してもらっていたのだが、その生花店が休業してしまい、別の店に毎日買いに行くことになったのだ。

仕事の全体量は減っているし、テイクアウトが多くなると、必然的にぼくの仕事は減る。おつかいが増えるくらいは、たいしたことではない。

イベントがほとんどなくなり、休業する生花店も多いせいか、普段よりも質のいい花がたくさん入荷している気がした。

淡いグリーンの薔薇《ばら》が美しかったのでそれと、ハーブのブーケを買うことにする。

帰り道、川沿いの道を歩いているとき、オレンジのパーカーが目に飛び込んできた。

河原で背中を丸めるようにして座っている。この前、テイクアウトをしにきた少年に似ているな、と思った。あれから五日ほど経っている。

次に、彼の隣にある紙袋が目に入った。

〈パ・マル〉でテイクアウト用の料理を入れて、渡している紙袋と同じだ。

ぼくは、いつのまにか彼に近づいていた。

今日も〈パ・マル〉でテイクアウトをしてきたのか、それとも紙袋を使い回しているだけなのか。

河原でただ座っているだけならいいが、なにか困ったことがあったのかもしれない。

ふいに、馴染《なじ》みのある匂いがした。トマトと牛肉をよく煮込んだ、かすかに酸味のあるおいしそうな匂い。ミロントンだ。

彼は、テイクアウトの容器を抱えて、スプーンでミロントンを食べていた。まるでまわりから隠すように背中を丸めて。

声をかけづらい雰囲気を感じて、ぼくはそっと方向を変えた。

気づかれないように彼から離れる。

だが、疑問は消えない。なぜ彼は、河原で食事をしているのだろう。

店に帰り、花を生けながら金子さんと彼の話をした。

「うん、こないだの男の子、中島《なかじま》くんね。さっききてたよ」

金子さんは彼の姓まで聞いていた。

「どうやって訊いたんですか？」

「別にオーダーを受けたときに、一緒に訊いただけ。ちょっと気になったし」

「注文はミロントンでしたよね」

「そうミロントン一人前と、シャルキュトリーの盛り合わせを買っていった」

「シャルキュトリー盛り合わせですか？」

少し驚く。ミロントンは、若鶏の赤ワイン煮込みと同じく千五百円だが、シャルキュトリーの盛り合わせも千五百円だ。ふたつあわせると三千円を超える。

「まあ、家族で食べるのかもよ。他の店でもいろいろ買っていってさ」

「それが……さっき、河原で彼がひとりでミロントンを食べているところを見かけたんですよね」

「河原で？」

金子さんが声を上げたので、厨房にいる志村さんとシェフもこちらを向く。

「なんで、外で……？　家に居場所がないのかな。まさか、ネグレクトとか……？」

「でも、お金は持っているわけですし……」

「お金だけ渡して、後はほったらかしかもしれない」

だが、少なくとも彼の身なりはちゃんとしていた。髪は少し伸びていたが、今は感染防止のために理容院や美容院も後回しにする人が多い。

きちんと洗濯された服を着ていて、清潔感もあった。ネグレクトを受けているようには思えない。

「でも、家に居場所があったら、家で食事しない？　家でだとゆっくり食べられないとか……」

「家族が多いけど、自分の分しか買えないとかですかね」

もし、二人分、三人分の料理をテイクアウトするのは自分のおこづかいでは難しいのだとしたら。

「でも、パンとかを別に買って、分けて食べれば良くない？」

「うーん……」

そう言われればそうだが、ネグレクトだと決めつけるのもどうかと思う。

「とはいえ、気になるのは気になりますね」

厨房から志村さんが言った。

「気分がいいから、ただ外で食べたというのならいいですし、相手が大人なら、わざわざ心配などしませんが、子供がSOSを発しているなら、誰かが気づいてあげないと」

たしかにそうかもしれない。考えすぎで笑い話になるほうが、問題があるケースを見逃してしまうよりもずっといい。

だが、彼がもう二度と店にやってこなければ、声をかけることはできない。

ぼくは河原でミロントンを食べていた彼の後ろ姿を思い出した。あのとき、ぼくは大切な機会を逃してしまったのかもしれない。

†

商店街の集まりに出かけていった志村さんが少し興奮気味に帰ってきた。

「中島くんのことが少しわかりましたよ。クリーニング店の篠原《しのはら》さんのお嬢さんが、中島くんとクラスメイトだそうで……。中学二年生だそうです」

「ご両親は？」

「いい人たちだそうです。中島くんは学校での成績もいいらしいですから、特に心配することはないかもしれませんね」

「よかった……」

ぼくは胸をなで下ろした。なぜ、河原でひとりでミロントンを食べていたのか、それはわからないが、家庭に問題がないのならいい。

「ただ、ひとつ気になることがあるんですよね」

そうつぶやいた志村さんにシェフが尋ねる。

「なんだ?」

「中島さんの家族、来週北海道に引っ越すらしいんですよね」

この街から離れるから、この街のレストランを食べ歩いたり、テイクアウトしたりしていたのだろうか。もしかすると、ぼくたちが覚えていないだけで、〈パ・マル〉にもきたことがあって、思い出の味なのかもしれない。

「ふうん……北海道ねえ……」

シェフはなにかを考え込んでいる。

ちょうど、そのとき、ドアのベルが鳴った。振り返ると、オレンジのパーカーを着た少年が立っていた。

「あ……」

店内にいる全員が自分を見ていることに気づいたらしく、少年は困惑した顔になる。ぼくは慌てて笑顔を作った。

「いらっしゃいませ。テイクアウトですか?」

中島くんはこくりと頷いた。

テイクアウトメニューを渡そうとすると、彼は首を横に振った。

「あの……ウェブサイトを見たら、他のメニューもテイクアウトできると書いてあったんですけど……カスレってできますか？」

ぼくは、シェフのほうをちらりと見た。カスレはテイクアウト不可のメニューだが、シェフが気を利かせてくれるかもしれない。

「残念ながら、カスレは持ち帰りはやってないんだ」

「そうですか……」

中島くんはひどく残念そうにうなだれた。ふいに思った。この少年は、もしかすると本当にフレンチが好きなのかもしれない。

シェフが続けて言った。

「もし、よかったらここで食べて行くかい？」

「えっ！」

少年の目が丸くなる。

「いいんですか……！　あ、でも、ぼく、あまりお金持ってなくて……」

「いいよ。他のテイクアウトメニューと同じで」

普段は案内しないカウンターに、少年を案内する。もちろん、スタッフはみんなマスクを着用しているし、普段よりも距離は取る。

〈パ・マル〉からのサービスで、アントレとして、ホワイトアスパラガスのオランデーズソースを出す。今が旬《しゅん》のホワイトアスパラに、卵黄を使ったソースをかけた一品だ。

最近では、スーパーなどでもホワイトアスパラガスを買えるようになったが、茹《ゆ》で方やソースで表情はがらりと変わる。

このメニューは長めに茹でて、とろけるような舌触りと濃厚さを味わえるようになっている。

中島くんは、まるで大切なものに触れるようにゆっくりとナイフを入れ、フォークで口に運んだ。

「……おいしいです……。ホワイトアスパラガスってこんなに甘いんだ……」

志村さんが優しい目で話しかける。

「フランス料理は好き？」

中島くんは笑った。表情から少しずつ、緊張が抜けていく。自分が歓迎されていることに気づいたからだろう。

「よく知らないんです。でも食べてみたくて……うちの両親は、あんまり興味がなくて……。テイクアウトだったら、ぼくが食べても不釣り合いじゃないかなって思ったんです」

「不釣り合いなんてことはないよ。うちは気楽なビストロだし、フランスでは大人も子供も、みんなフランス家庭料理を食べている」

「そうですね、たしかに」

中島くんは幸せそうな顔で、ホワイトアスパラガスの穂先を口に運んだ。柔らかくていちばん甘い部分。

「食べてみてどうだった？」

志村さんの質問には、一口水を飲んでから答える。

「すごくおいしかったです。パテ・ド・カンパーニュも、若鶏の赤ワイン煮込みも、それからミロントンも。ぼくもいつか、こんな料理が作れる料理人になりたいと思いました。でも、難しいんだろうな」

彼は少し下を向いた。シェフが尋ねる。

「どうして？」

「ぼく、来週引っ越すんです。北海道の……旭川《あさひかわ》からももっと離れた。遠い町の。そこからも遠い牧場に。両親が酪農をはじめることに決めたんだそうです。ぼくに、なんの相談もなく」

金子さんが、水を彼のグラスに注ぎながら尋ねた。

「学校は？」

「中学は自転車で三十分くらいの町にあるそうです。高校はバスでそこから一時間くらい行ったところに……」

東京育ちの子供にとっては大変かもしれない。

「外食できる食堂も少ししかないみたいだし、フレンチレストランなんて、バスや電車を乗り継いだ先にしかない。ぼくはこれから、こんなおいしくてきれいな料理にはまったく触れることなく、何年も過ごすんです。両親は、高校を卒業したら、東京の大学や調理の専門学校に行ってもいいと言ったけれど、その間、ずっと東京にいる人たちは、こんなふうにおいしくて、洗練されたものを食べられるのに……」

シェフはなにかを思い出したような顔で、少し笑った。オーブンからカスレを取り出す。塩漬け肉とインゲン豆を煮込んだ後、パン粉とハーブをたっぷりかけて、オーブンで焼いた、〈パ・マル〉のスペシャリテのひとつだ。

持ち帰りではオーブンで焼きたてのおいしさは保てない。

中島くんは、目の前に置かれたオーブン皿を見て、目を丸くした。

「すごい！　いい匂いだ……おいしそう」

フォークで、パン粉の層を突き崩し、インゲン豆と一緒に食べる。

「おいしい！　パン粉がサクサクしていて、インゲン豆には豚の旨《うま》みがじっくり染み込んでいて、こってりしているのに、脂《あぶら》っこすぎるわけでもないし……」

シェフが目を細めて笑った。

「腹に溜まるんだけどな。それでもメインは豆だから、どこか軽いだろう」

「すごくおいしいです！」

目を輝かせる中島くんにシェフは尋ねた。

「フランス料理の要《かなめ》ってなんだと思う？」

「要……ソースですか」

「ソースも大事なんだけどな。日本人が抱く、フランスのイメージってあるよな。おしゃれ、文化的、洗練されている、ワインが好きで、恋多き人たち……。日本のフランス料理も、かなりそういうのに引きずられているように思うよ」

「本当は違うんですか？」

「そういうのも、フランスの一面ではある。でも、一方でフランスは農業国でもある。食料自給率は一二〇パーセント。自分たちで小麦を育ててパンを焼き、牛や羊を飼って、乳製品を作り、牛や羊も自分たちで育てる。フランスはそういう国で、フランス料理は自分たちが育てた肉や野菜や穀物を、いかにおいしく食べるか。そういう料理だ。カスレを見てもわかるだろう？　これは冬の料理だ」

そう言われてはっとする。

自分たちが育てて、精肉した豚を塩漬けにして保存し、それを乾燥させたインゲン豆と煮る。豆は栄養価が高いから、食料が乏しくなる冬にはちょうどいい。

たぶん、暖を取るためのストーブを使って、長く煮るのだろう。

「バターや生クリームを多く使うのは、もちろんおいしいからでもあるんだが、フランス北西部は酪農が盛んで、乳製品が手に入りやすいからだ。地元の食材を大事にする。それがフランス料理の真髄だと俺は思っている」

シェフは、ホールに出てくると、カウンターの端の椅子に腰を下ろした。

「中島くんが、もし料理人……特にフランス料理の料理人になりたいなら、その北海道行きはチャンスでもあると俺は思うよ。地元の食材がいかにして作られるか知り、農業や畜産に関わる人たちとも、直接知り合うことができる。都会に住んでいては、簡単に知ることができない大事なことだ」

彼は目を大きく見開いて、シェフの話を聞いていた。

そう、彼の両親は、彼が料理人になること自体に反対しているわけではない。彼は、自分は時間を失うのだと思っていたけれど、そうではないと知ることができるのなら。

彼はまだ若いし、他の夢を見つけるかもしれない。

それでも、自分がなにかを失うわけではないと気づくのは、大事なことだと思う。

†

彼が帰るときに、シェフは持ち帰り用の容器をひとつプレゼントした。

「なんですか？」

シェフは胸を張って言った。

「プラトー・ド・フロマージュだ。ご両親はフランス料理に興味がないと言っていたけど、酪農をはじめるなら、チーズには関心があるんじゃないか？」

蓋を開ける。少しずつだが、多種多様なチーズが詰められている。フロマージュブラン、ブリー、カマンベールなどのよく知られたチーズや、青カビ入りのロックフォール、匂いの強いウォッシュチーズであるエポワス。山羊《やぎ》の乳で作ったセル・シュル・シェール。

「こんなにたくさんの種類が……」

「そんなのはほんの一部だ。もっとたくさんのチーズが世界にある。一生かけても食べきれないかもしれないぞ」

ぼくには、それが彼に対するエールのように聞こえた。

世界には、まだぼくたちが知らないものがたくさんあって、まだ絶望するには早すぎるのだ、と。

知らないタジン

Le tajine inconnu

午後の休憩が終わり、〈パ・マル〉に戻ると、なぜか、金子さんと志村さんが壁に貼り付いていた。妙な空気が流れているような気がする。

三舟シェフは険しい顔で、今はあまり使われなくなった、カウンターの椅子に腰を下ろしていた。眉間《みけん》に皺《しわ》が深く刻まれて、なんだか話しかけづらい雰囲気だ。

ぼくはこっそり、金子さんの横に並んで、小さな声で尋ねた。

「なにかあったんですか？」

金子さんは、バックヤードを親指で指さして言った。

「オーナーがきてるから」

それで、この空気なのか。

〈パ・マル〉のオーナーの小倉《おぐら》さんは、普段ならまったく気を遣《つか》うような人ではない。料理のことや経営のこともシェフにまかせっきりで、ほとんどうるさいことを言わない。

だが、それも通常営業ができていてこそだ。

新型コロナウイルスの影響は、いまだに続いている。安全に営業するため、ただでさえ少なかったテーブルを減らして、予約で三組だけに限定し、後はテイクアウトやケータリングなどもはじめているが、どうやっても、以前ほどの売り上げを出すことはできない。

予約限定という営業形式にしたのも、少しでも仕入れのロスを減らすためだ。

どこか飄々《ひょうひょう》とした、オタクっぽい外見からは想像できないが、オーナーはこの近くで五軒のレストランを経営している敏腕実業家だ。

ところが、先月、イタリアンレストランと、もつ鍋専門店を閉店し、個室焼き肉店とジンギスカンの店としてリニューアルオープンすることにしたらしい。

焼き肉店は換気が行き届いているから、このコロナ禍でも、比較的営業が好調だと聞く。個室にすれば、家族や恋人だけで過ごすことができて、安心感がある。

つまり、〈パ・マル〉のスタッフたちは、戦々恐々《せんせんきょうきょう》としていた。

うちも、いつ、焼き肉店になるかわからない。

焼き肉店になったら、スタッフは総入れ替えだろうか。少なくとも、シェフと志村さんはどこか別の場所で、ビストロをはじめるだろう。そのときに、ぼくも一緒に連れて行ってもらえるか、あまり自信がない。このご時世、有能なギャルソンの代わりなどいくらでも見つかるだろう。

思わずつぶやいた。

「金子さんはいいなあ……」

「なにが?」

一瞬、思ってしまったのだ。彼女はソムリエールとしての知識があるし、接客もうまいから、店を移るとしてもシェフたちに連れて行ってもらえるだろう。それだけではなく、高級焼き肉店などではワインを飲む人も多いだろうから、オーナーに引き留められて、新しい店でも働けるかもしれない。

「いや……、ぼくももうちょっとワインのことを勉強していればよかったなあと思って」

金子さんは少し冷たい目でぼくを見た。

「高築くん、ワインに全然興味ないじゃない」

「そんなことないです。おいしいと思ってますよ」

自分の給料でよいワインを買うことはほとんどないが、なにか祝い事があったりしたとき、開けてもらうワインはおいしいし、勉強のために訪れたレストランで、飲むハウスワインも好きだ。

「でも、全部同じようにおいしくて、あんまり違いに興味はないんでしょ」

ぐっと、ことばに詰まる。

たしかにそうだ。いつもグラスでおすすめされたワインを飲むのも、どれを飲んでもそこそこおいしいし、それで満足だからだ。

だから、自分がソムリエになれるとはとても思えない。

ぼくがしょんぼりした顔をしていたのだろう。金子さんがくすっと笑った。

「まあでも、ただ普通に楽しむなら、それで全然問題ないとは思うけれどね」

仕事にするためにはそうはいかないだろう。

「でも、ホールサービスだって立派な仕事だし、高築くんはちゃんとプロとしてできていると思うよ」

金子さんがそう言ってくれるのはありがたい。だが、学生のアルバイトに取り替えられてしまう可能性がいちばん高いのは、ホールサービスなのも事実だ。

高級フレンチレストランだと、さすがにプロフェッショナルな仕事ぶりを求められるだろうし、ビストロだって、料理やワインの名前を覚えるのは簡単ではない。

だが、店の形態が変わってしまえばわからない。新しい店では、アルバイトで充分だと言われてしまうかもしれない。

「あ、でも、オーナーの新しい店、ホールサービスも全員正社員だって言ってたよ」

金子さんにそう言われて驚く。

「今は従業員の感染対策も気をつけなくてはならないから、学校や他のアルバイトと掛け持ちする学生じゃなくて、正社員にするって」

ただ、予算を削減することだけではなく、そういうところまで気を配ってこその飲食店経営なのだろう。

だが、できればこのビストロ・パ・マルで働きたいと思う。いつしか、この店は、ぼくにとって実家のような存在になっていた。

奥で帳簿をチェックしていたらしいオーナーが出てきた。

ヨレヨレのパジャマみたいなネルシャツと、今にも穴が空《あ》きそうなデニムパンツは、いくらビストロでもカジュアルすぎる。誰も、彼がこの店でいちばん強い立場だと思わないだろう。

カウンターの椅子を引いて座る。

「やっぱりさあ……ずっと赤字なんだよね……」

シェフと志村さんが微妙に顔を引き攣《つ》らせる。仕方がない。このコロナ禍以前の売り上げを維持している飲食店など、ごくわずかだろう。

志村さんがわざとらしい笑顔を作って言った。

「でも、先月は誕生日や記念日などのケータリングがけっこうありましたし、今までよりはちょっとよかったのでは？」

「まあね。ちょっとはね」

オーナーは足を組んで、身体を半分だけシェフのほうに向けた。

「三舟さんさあ、ものは相談なんだけど」

オーナーはいつも、三舟シェフのことは、シェフと呼んでいる。オーナーという立場でありながら、軽く扱ったりはしない。シェフの料理に敬意を払っているようにみえる。

三舟さんと呼ぶことは珍しい。

「な、なんですか？」

シェフも動揺しているのか、小さな貧乏揺すりを続けている。

「一つ提案なんだけど」

オーナーは、顔をグッとシェフに近づけた。

「料理教室やらない？」

†

オーナーの提案を聞いて、ぼくと金子さんは顔を見合わせた。志村さんもこちらを見ている。三人の気持ちはひとつだ。さすがにそれは無理だと思う。

シェフは無愛想で、態度がでかい。カウンターから出て行かないし、志村さんが物腰が柔らかいから、まあなんとかやっていけているが、素人《しろうと》に料理を教えるなんて、どう考えても無理だろう。

もちろん、プロになる気のある料理人を教えるのなら厳しくても、態度が悪くても問題ないだろうが、料理教室の生徒は特にプロになるつもりのない普通の人たちで、しかもお客さんだ。シェフに向いているとは思えない。

「料理教室……ってフレンチをですか？」

「いや、別にフレンチじゃなくてもいいや。でも、今はなにより、家で過ごす時間が大事だし、なかなか外に食べにいけないでしょ。おいしいものを家で作って食べたいという需要は絶対大きいと思うんだよね」

オーナーは足を組み替えた。

「それでさあ、もっと感染状況がひどくなって、ヨーロッパみたいに完全ロックダウンって可能性もないわけではないでしょ。その場合も、オンラインで料理教室をするとか、ＹｏｕＴｕｂｅに料理動画をアップするとかもできるでしょ」

金子さんが両手で口を押さえた。笑いを堪《こら》えているように見える。

たしかにシェフがユーチューバーになるなんて、想像できない。意外におもしろいかもしれないが。

「い、いやあ……、俺はそっちは自信ないというか……人に教える才能はあんまりないというか……」

シェフもさすがに自分のことはわかっているようだ。

オーナーは椅子ごと回転させて、志村さんのほうを向いた。

「じゃあ、志村さん、どう？　今、店は八時で閉めないといけないし、ラストオーダーの七時半から一時間とか一時間半くらいとか、仕事帰りの人もこられるような時間帯で」

志村さんなら適任かもしれない。優しいし、きっとシェフのように乱暴な教え方はしない。ＹｏｕＴｕｂｅなら、絶対シェフのほうがおもしろいけれど。

志村さんは、三舟シェフに視線を向けたが、シェフはそっぽを向いている。志村さんの決断にまかせて、無関心を決め込むことにしたらしい。

志村さんの葛藤《かっとう》は想像できる。

人に教えるのは、料理を作るのとは違う技術だ。料理人仲間に教えたことはあっても、お金を取って、生徒を集めて教えるなんて、たぶんはじめてのことなのだろう。

だが、実際、ビストロ・パ・マルは赤字が続いていて、少しでも売り上げの穴を埋められて、店が継続できるのなら……。たぶん、志村さんはそう考えている。

志村さんは、はあっと息を吐いた。

「とりあえず、できるかどうかわからないんで、一回挑戦させてください。難しいようなら一回こっきりということで」

オーナーは親指を立てた。

「OK、じゃあ日程と、テーマを決めよう」

†

日程は二週間後、テーマはわかりやすく「家で楽しめるフランス地方料理」ということになった。志村さんが教えるのは、豚のリエット、若鶏《わかどり》のフリカッセ、チョコレートムースというコースだ。

定員は十人で、ひとり五千円。さすがに高すぎるのではと思ったが、〈パ・マル〉で前もって作っておいた料理を、デリボックスに詰めてお土産《みやげ》としてわたす。ワインのミニボトルもつけるということらしい。

オーナーはぱぱっと企画書を作り、SNSや、サイトに流しはじめた。

全員が料理できるようなスペースもないから、料理を作るのは志村さんだけで、生徒は近くで作り方を見て、レシピと料理を持ち帰るというやり方だ。

オーナーは腕組みして、「〈ア・ポワ・ルージュ〉のパンもつけるかなあ」などと言っている。

しかし、ささっとこういう、実現可能で採算が取れそうなプランを考えられるのは、商才ゆえかもしれない。

普段は昼行灯《ひるあんどん》みたいなところもあるオーナーだが、やはり実業家だ。

志村さんは「どうせ、十人も集まらないでしょう」などと言っている。たしかに料金は手頃とは言えないし、このご時世、外出する人も少ないだろう。

一回目は集まった人数にかかわらず、教室は開くことになっているが、十人集めるのは簡単ではないかもしれない。

そう思っていたのに、翌日、オーナーから電話がかかってきた。電話を取ったのはぼくだった。

「定員、全員埋まってあとはキャンセル待ちだから」

「えっ、本当ですか?」

「嘘つく理由ないでしょ。だから、当日よろしくね。また連絡するから」

そう言って、電話は切れた。ぼくは志村さんに向かって言った。

「定員に達して、あとはキャンセル待ちだそうです」

「うう……」

志村さんが低く唸《うな》った。たぶん、どこかで誰も集まらないことを祈っていたのだろう。

「ぼく、あがり症なんですよ……」

「いつも、接客してるじゃないですか」

グラスを拭きながら、金子さんがそう言う。

「接客と、料理を教えるのはまた全然別だから……」

志村さんは力なく答えた。

ちょうど、ディナーのパンを納品にきた〈ア・ポワ・ルージュ〉の中江《なかえ》さんが言う。

「〈パ・マル〉さんも料理教室するんですか？　オーナーの発案ですよね」

このブーランジュリーも、同じ小倉オーナーの店である。

〈ア・ポワ・ルージュ〉もカフェのテーブル数を減らしてはいるが、その代わり遠方から車で買いにくる人なども増えて、ブーランジュリーの売り上げは前よりもいいと聞く。外食できない代わりに、おいしいパンを求める人が増えているのかもしれない。

「うちも先週、カフェを使ってパン教室やりましたよ。熱心な人が多くて楽しかった」

たしかにパン作りなら、こねたり、発酵させたりするのは、普通のテーブルでできる。プロの技術を知りたい人も多いだろう。

シェフが、にやにや笑いながら志村さんに言った。

「あがらないコツを、麻美《あさみ》さんに教えてもらえばいいじゃねえか」

志村さんの奥さんは、シャンソン歌手である。今はライブハウスなどで歌う機会も減ったからと言って、ＹｏｕＴｕｂｅでシャンソンや、今流行のアニメソングなどを歌って、かなり再生回数を稼いでいると聞く。

「ダメです。彼女、あがったことなどないらしいです」

それは麻美さんらしい。ぼくは、彼女の華やかで堂々としたステージを思い出した。

「ま、いつも作ってる料理を作るだけだろう」

「そう言うなら、シェフがやってください」

じっとりとした口調で志村さんが言ったが、シェフは聞こえないふりをして、倉庫に行ってしまった。

†

当日、志村さんは朝から心ここにあらずといった風情《ふぜい》だった。

真面目な人だから、遅くまで残って何度もシミュレーションしていたことを知っているが、ここまで緊張しやすいとは知らなかった。

シェフはさすがに長いつきあいで慣れっこなのか、志村さんが手順を間違えそうになったときに声をかけたりして、うまくコントロールしている。

午後七時二十分、まだテーブルにはデセールを楽しんでいるお客様もいるが、そろそろ料理教室の生徒も店にやってきはじめた。

金子さんは、予定があると言って帰ってしまったが、ぼくとシェフは料理教室が終わってから、後片付けをするために店に残っている。

前は、ラストオーダーは午後十時で、その後も話を続けるお客様を急《せ》かしたりしない方針だったから、後片付けが終わる頃には日付が変わっていたなんてこともざらにあった。料理教室が終わってから後片付けをしても、その頃よりは早く帰れるはずだ。

緊急事態宣言や、まん延防止なんちゃらのため、仕事は楽になったが、それが店の存続と引き替えなのは、あまりうれしくはない。

せめてこの料理教室はうまくいってほしいと思う。

生徒は、女性が八人と、三十代ほどの男性がひとりだった。もうひとり女性が予約していたが、急用のためこられなくなったという。

女性は二十代くらいから、六十代くらいとさまざまだが、みんなグループではなく、ひとり参加だ。それでも、すぐに仲良くなったのか、会話をはじめている人たちもいる。

みんな新しいマスクとエプロン、三角巾を身につけて、キッチンに入る。

志村さんもさすがに腹を決めたのだろう。いつもの接客時の笑顔になって、みんなに工程を説明している。

持ち帰ってもらう料理は、ランチとディナーの間に、シェフと志村さんで作っていた。

こういう場にくる人たちは、もともと料理好きなのだろう。熱心に聞いているし、質問も的確だ。

最後のお客様が帰った後のテーブルを拭き上げながら、シェフがぽつりと言う。

「あいつ、けっこう向いてるみたいだな」

それはぼくも同感だ。

気になるのは、ひとりだけいた男性だ。なぜか、ひどくイライラしているように見える。若鶏のフリカッセを作り終え、デセールのチョコレートムースを作り始めようとしたとき、ひとりの女性がキッチンの棚に目を留めた。

「あ、あれってタジン鍋ですか?」

蓋が尖った形のユニークな陶器の鍋は、一時期、日本でもブームになった。

志村さんが頷《うなず》く。

「そうです」

「フレンチでも使うんですね。えーと、たしか中東かどこかの鍋ですよね」

「モロッコです。もちろん、フランス料理ではないのですが、モロッコやチュニジア、アルジェリアなど北アフリカの料理は、フランス料理に大きな影響を与えていますし、素材の旨《うま》みを引き出すよい鍋ですから、うちでもときどき使います」

とんがり帽子のような蓋は、素材の水分だけで調理するための形状だ。水蒸気が蓋の上部で冷やされて、また鍋に戻る。砂漠などでは一滴の水分も無駄にはできない。

同じくモロッコ料理で、フランスの国民食になったクスクスなども、大きな鍋でシチューを煮て、その上部の蒸し器でクスクスの粒を蒸す。

クスクスがパスタに使われるセモリナ粉でできているというのもおもしろい。水の豊富なイタリアでは、セモリナ粉を大量の水で茹《ゆ》でるパスタになり、水が貴重なモロッコでは、クスクスになる。

今では、いろんな国の料理が日本で食べられるが、やはり料理というのは、その土地に根付いたものなのだ。

また男性がかすかに苛《いら》ついたような気がした。おしゃべりが気にくわなかったのだろうか。

別の女性が言う。

「タジン鍋、うちにもあるんですけど、うまく使えなくて……」

この人は知っている。桑畑《くわばた》さんという三十代のお客様で、〈パ・マル〉の常連だ。

うちにも、という声があちこちで上がる。

「かさばるから、もう捨ててしまおうと思っていたくらいです」

そう言う花柄のエプロンを身につけた女性に、志村さんが笑いかけた。

「わざわざ買う必要はないですが、せっかく買ったなら、使わないともったいないですよ。なんだったら、タジンを使った料理教室なども開催しましょうか。厳密にはフレンチではないですけど」

歓声が出たところをみると、かなり需要はあるらしい。

それにしても、あんなに嫌がっていたのに、志村さんはすっかり自信をつけたらしい。

シェフと目が合う。にやりと笑って、小さな声で言った。

「あいつはサービス精神が旺盛だから」

なるほど、だから生徒の前に出ると、はりきってしまうのか。

志村さんは自主的に、二週間後にタジン鍋を使った、モロッコ料理の教室を開催することにしたらしい。料理自体は普通の鍋でも作れるということで、ほとんどの生徒が次の予約をした。どこか不満そうだった男性も次回の予約をしたから、案外楽しんでいたのかもしれない。

つまりは、料理教室は大成功だったということだ。

生徒がみんな帰ってしまうと、緊張の糸が切れたのか、志村さんは崩れるように椅子に座り込んだ。

「疲れた……」

「ご苦労さん。うまくやってたじゃねえか。次回の予約もちゃんと取れたし……」

「なんであんなことを言っちゃったんだろう……」

カウンターに突っ伏してぐったりしている。

だが、すぐに身体を起こす。

「あっ、でも、今日のメニューなら料理とワイン付きで五千円でも高くはないけど、タジンだと簡単だから、もう少し安くしたほうがいいかも……いや、その代わりメインを二種類作れば大丈夫かなあ」

シェフはぼくの顔を見て、また笑った。

†

年を取れば取るほど、月日の経《た》つのは速いと感じる。つまりは二週間なんてすぐだ。

志村さんは、今日はモロッコ風サラダ、タジン二種類、モロッコ風オレンジのデザートを作る予定らしい。

タジンは、レモンコンフィと鶏肉のタジンと、ケフタとたまごのタジンだ。

レモンコンフィのタジンは、塩漬けにしたレモンと鶏肉を一緒に蒸し煮にする料理だ。レモンコンフィは、日本でいえば梅干しみたいな存在だと聞く。各家庭で作り、塩気が強いから何年も保《も》つ。

レモンと塩を重ねて漬け込むだけなので、作業も簡単だ。

ケフタはトルコや中東全般で食べられているミートボールだ。キョフテと呼ぶ地域もあり、串に刺して焼くこともあるが、タジンにするときはトマトソースで煮込む。

実は、ぼくはこれが大好物である。まかないで出て、あまりにおいしくて、シェフにレシピをおしえてもらった。それからは自分でもよく作る。

クミンと香草をたっぷり入れたミートボールを作り、それをクミンとシナモンを効かせたトマトソースで煮込む。このクミンとシナモンの組み合わせが、モロッコの香りだ。

そして、仕上げにたまごを割り入れ、半熟になるまで蓋をしてできあがり。ミートボールを作るのが面倒だが、半熟たまごとトマトソースの組み合わせが優しくて、遠い国の料理という感じがしない。

志村さんが試作していたものには、イタリアンパセリも入って、彩《いろど》りが鮮やかだった。

先日と同じように、七時半前になると、生徒さんたちが集まってくる。

二回目だから、生徒さんたちの名前も覚えた。不機嫌な男性は登森《ともり》さんという姓だった。

集まった女性たちは、二度目のせいか、前よりも親しげに会話をしている。

四十代くらいの杉田《すぎた》さんという女性が桑畑さんと話をしている。

「実はこの前、夫に蟹《かに》とフロマージュのスフレを作ったんです」

「すごーい。スフレなんて難しそう」

桑畑さんが目を丸くする。

「頑張ったんですよ。すごくきれいに膨《ふく》らんだのに、夫が食べてくれなくて……」

「え？　どうして？」

「それが、スフレってお菓子だろうって言うんです。蟹の入ったお菓子なんて気持ち悪いって言って……お菓子じゃなくて料理だって言っても、信じてくれなくて。そのうちに萎《しぼ》んでしまったから、もう仕方なく、わたしと息子で食べました」

「あはは、そういう先入観のある人いるよね」

登森さんが小さく舌打ちをするのが聞こえた。いったい彼はなにに苛立っているのだろう。

志村さんがキッチンに行って、料理教室がはじまる。ぼくとシェフと金子さんはホールの後片付けをしながら、聞き耳を立てている。

まず最初は、モロッコ風サラダ。トマトや紫玉葱《たまねぎ》、万能葱、香草、きゅうりなどを細かく切ってレモン汁とオリーブオイルで和《あ》える。特別な材料はなにも使っていないのに、それでも北アフリカ料理らしさがあるのはなぜだろう。

細かく切るせいか、野菜のそれぞれの香りが混じり合い、立ち上ってくる感じがする。

次は鶏肉とレモンコンフィのタジン。

タジン鍋が出てくると、生徒さんたちの間から歓声が上がる。まずは鶏肉にしっかり焼き目をつけ、レモンコンフィと大根やにんじんなどの野菜、香草やにんにく、コリアンダーパウダーやターメリックパウダーを使って、華やかな香りに仕上げる。

志村さんはタジンの蓋をして、火を弱めた。あとは時間が仕上げてくれる。

蓋を開けたとき、レモンやにんにく、そしてなにより鶏肉の香りが一気に広がるだろう。タジンはその香りもごちそうだ。

ふたつ目の、ケフタとたまごのタジンを作り始める。志村さんがケフタを丸めているのを見ながら、いちばん若い女性――たしか折田《おりた》さんという姓だ――が言った。

「実は、このあいだ、タジンが原因で彼氏と喧嘩してしまったんです」

「タジンで？」

そう言ったのは、先ほどの杉田さんだ。志村さんも少し驚いた顔をしていたが、手は休めない。

「そうなんです。わたしもタジン鍋を使って、チキンと野菜を蒸し煮にしてみたんですけど、彼氏が『タジンはこんな料理じゃない』って言うんです」

「もっと厳密なレシピで作れってこと？」

桑畑さんが首を傾《かし》げる。

「そうじゃないんです……タジンって玉子焼きみたいな料理だって言うんです」

「玉子焼き？　そんなのはじめて聞いた」

「ですよね」

みんな首を傾げている。志村さんが口を開きかけた。

「ああ、それは……」

その瞬間、登森さんがはっきりと言った。

「その彼氏が正しいですよ。間違っているのはあなただ」

「えっ？」

折田さんだけでなく、他の女性もきょとんとしている。

「モロッコではタジンは蒸し煮料理ですが、チュニジアの方では、チーズの入ったキッシュのようなオムレツを指すことばです」

それはぼくも知らなかった。

チュニジアと、モロッコはどちらも北アフリカの国だが、まったく共通点のない料理を、同じ名前で呼ぶなんて不思議だ。

「あなたは男性が、自分より料理の知識があることを認めたくないから、おかしなことを言ったと思ったんじゃないですか？　自分のほうが正しいと思ったんじゃないですか？」

志村さんが眉間《みけん》に皺を寄せるのがわかった。

「それはひどい偏見ですよ」

登森さんのストレートなことばに、杉田さんは顔を曇らせた。

「そうかも……たしかにそうだったかも」

「彼氏に謝るべきじゃありませんか?」

登森さんが満足そうな顔でそう言った。

その瞬間だった。シェフが口を開いた。

「それはどうかな?」

生徒さんたちが、全員こちらを向く。

「偏見のあるのは、彼女ではなく、別の人間なんじゃないか。彼女は、ただチュニジアのタジンを知らなかっただけだ」

「別の人間……?」

登森さんは困惑したような顔で、周囲を見回した。

「モロッコのタジンと、チュニジアのタジン、どちらかしか知らない人が、自分が正しいと思うのは仕方がない。でも、そのとき、両方の存在を知っているのに、どちらかのみが間違っているように見える人間がいたら、その人こそが偏見を持っているんじゃないか」

登森さんが青ざめるのがわかった。シェフが指摘しているのは、あきらかに登森さんのことだった。

「し、失敬な……」

シェフは苦笑した。

「おれが失敬だったら、あんたも失敬だろう」

ふいに思い出した。討論で、男性と女性が同じ時間喋《しゃべ》ると、女性のほうがたくさん喋っていると判断されることを。男性の政治家が、「女性は話が長い」などと発言したが、普段、会議でたくさん喋るのは、男性のほうだと言うことを。

もちろん、それぞれの性格はある。ぼくはあまり主張が激しいほうではないし、女友達に言い負かされることだってよくあることだ。

だが、もともと偏見を持っている人には、人が持つ個性以外のものが見えている。

登森さんはエプロンを外すと、自分の鞄《かばん》の中に押し込んだ。

「不愉快だ！　帰る」

そのまま出て行く。その背中を見送りながらぼくは思った。

彼は常に何かが気に入らないように見えた。他の参加者が楽しそうにしている状況にいらついているように見えた。

たぶん、彼にとって、それは不均衡で、居心地の悪い状況だったのだろう。

だが、どんな状況だったら、彼にとって居心地がいいと感じられるのか。

彼が女性嫌いであるのは、間違いないとしても、ただ嫌いなだけなら、関わらなければいい。

だが、彼は女性が多いとわかっている、今回のレッスンにも申し込んできた。

まるで、なにか巻き返しのチャンスを探すかのように。

だが、ここで参加者の間違いをきつい言葉で指摘して、嫌な思いをさせたところで、溜飲を下げることはできても、彼自身の居心地がよくなるわけではないのだ。むしろ、その後、よけいに気まずくなるだけだろう。

モロッコのタジンのようだ、と僕は思った。少ない水分で煮詰めるように、偏見や苛立ちを自分で循環させて煮詰めている。

彼がそうなってしまった理由はわからない。もしかすると、最初に何か傷つけられる出来事があったのかもしれない。

ぽかんとしている生徒さんたちに、シェフはぺこりと頭を下げた。

「嫌な空気にしてしまってすみません」

志村さんがためいきをつく。

「本当ですよ。あ、この人が〈パ・マル〉の三舟シェフです」

シェフと志村さんの掛け合いで、張り詰めていた場の空気が和《やわ》らいだ。

ふいに杉田さんが言った。

「志村先生、今度、チュニジアのタジンも教えてもらえませんか?」

ぼくもそれを食べてみたいと思う。

完全に偏《かたよ》っていない人などいないし、公平な心を持つことは難しい。でも、素直にいろんなことを知ることが、自分を変える第一歩ではないかと思うのだ。

幻想のフリカッセ

La fricassée de Maman

街にクリスマスソングが流れはじめると、気持ちが引き締まる。

今年も、ビストロがいちばん賑《にぎ》わう季節がやってきた。夏にもおいしいものはあるが、ビストロの定番メニュー、オニオングラタンスープやポトフやカスレなどは、冬の寒さの中で味わうのがいちばんおいしい。

ジビエも秋冬がシーズンだから、毎年、この季節がいちばん忙しい。

いや、「毎年」というのは正しくない。去年はまだ感染症患者が多くて、世間もぴりぴりしていたし、緊急事態宣言も出た。年末年始の帰省も控えるように言われ、忘年会やクリスマスの食事会なども、なかなかできない雰囲気だった。

まだ完全におさまったとは言えないが、今年の秋になってようやく、人と食事ができる状態が戻ってきた。いつ、また状況が悪化するかとびくびくしていたが、とりあえずクリスマスまでは、無事に切り抜けられそうだ。

パンデミックがはじまった頃には、もう元の世界には戻らないかもしれないと思っていたが、マスク着用とアルコール消毒以外は、急速に元に戻りつつある。

先月、ぼくも、友人の結婚式に出席するために、大阪に行ったが、ビジネスホテルの朝食は以前と同じビュッフェ形式に戻っていた。近くのもつ鍋の店も、前と同じ状態で営業している。ビストロ・パ・マルも、席の間隔を開け、換気に気をつけ、従業員はマスクを着用しているが、それ以外は前と同じだ。

予約制のテイクアウトは続けているし、志村さんも月に一度、料理教室を開催している。それでも、お客さんがおいしそうに料理やワインを味わっている姿を見ること以上の喜びはない。どうかこのまま、感染症の流行が収まってくれるようにと祈るばかりだ。

ソムリエールの金子さんが、ワイングラスを磨きながらつぶやく。

「なんか二年前に戻ったみたいな気分ね」

二年前と違うのは、金子さんもぼくもマスクをしていることだが、金子さんがそう言うのもわかる。

二年前の十二月は、普段《ふだん》の冬と同じく、忙しく立ち働いていた。店が忙しいのはありがたいことだが、さすがにちょっとゆっくりしたいなあ、と、考えたことを思い出す。

まさか、翌年、否応なしに、休業したり、お客さんがほとんどこない状態になるとは想像もしていなかった。

「でもまだ、患者が増え続けている国もありますしね。ヨーロッパでもいくつかの国がロックダウンをするようですよ」

志村さんがそんなことを言った。勘弁《かんべん》してほしいが、一度流行が始まってしまうと、完全になす術《すべ》がなくなってしまうことを、ぼくたちも今年の夏知った。

「だから、今年は正月も休みなく働くんじゃねえか」

三舟シェフがぼやくような口調で言った。

毎年、年末にはお正月向けのデリボックスを販売するのだが、今年はそれをクリスマスと、正月三が日も販売する。レストランの営業はしないから、ホール担当のぼくと金子さんは三が日は休みなのだが、シェフと志村さんは、交代で出てきて、デリボックスを用意することになっている。

一日中店にいるわけではないとはいえ、正月も働くのはかなり大変だ。

ぼくがそう言っても、シェフは、

「どうせ、お上《かみ》がなにか言ってきたら、とたんに営業禁止になるんだろ。働けるうちに働くさ」

と涼しい顔だ。

たしかに、いきなり問答無用で営業時間を制限されたり、もしくは休業するように言われたりする。この二年間、ぼくたちは感染症対策に振り回されてばかりだ。

もちろん、ぼくたちだって、感染症を広めたいとは思っていないし、必要な対策はする。だが、家族で食事をすることまで禁じられてしまうのはおかしいし、夜遅くまで働いている友人は、仕事が終わった後、食事をする場所がなく、コンビニなどで買ったものを食べるしかないと言っていた。

ぼくはたまたま飲食店で働いているから、店でまかないを食べたり、持ち帰ったりできるが、もし、ぼくが他の業種で働いていたら、友人と同じようにインスタントラーメンや、コンビニのお弁当などを食べ続けることになる。

さすがにそれは気持ちが沈む。家で料理する時間が無くても、せめて仕事が終わった後は、あたたかく、おいしいものが食べたいと思う人は多いだろう。

この感染症への政府の方針は、皺《しわ》寄せがくる業種と、そうでない業種がはっきりわかれていることが、いろいろな困難や無理解を呼んでいる。

ときどき、飲食店など潰《つぶ》れてもいいと思われているのだろうか、と感じることすらあって、気持ちが塞《ふさ》ぐ。

ときどき思う。だから、シェフは、働き続けるのかもしれない。

†

その金曜の夜、テーブルは予約ですべて埋まっていた。

前よりも、テーブル数は減らしているが、それでも満席になるのはひさしぶりのことで、気持ちが引き締まる。

時間は八時半くらいだっただろうか。早く入店したお客様たちには、メイン料理のサーブが終わり、忙しさのピークは過ぎた頃だった。

ドアのベルが鳴り、三十代前半くらいの男性がふたり入ってきた。

「予約していないんだが、入れるかな？」

「カウンター席になりますが、よろしいでしょうか」

前に立っている男性が頷《うなず》いた。

彼は以前、来店したことがある。たしか二週間ほど前、中川《なかがわ》という姓だったはずだ。後ろに立っている男性は、中川さんとそっくりな顔立ちをしている。年が近いから、兄弟なのかもしれない。

「へえ、いい感じのビストロじゃないか」

中川さんと似た顔立ちの男性が言った。

「ああ、この前きて驚いたから、今度おまえと会うときはここにしようと思ったんだ」

「兄貴のことだから、デートだろ」

彼はそう言ってにやりと笑った。やはり彼は中川さんの弟らしい。中川さんは顔をしかめた。

「国行《くにゆき》、おまえこそ、そろそろ結婚して、母さんを安心させてやれよ」

「兄貴にできてないことを、やれと言われる筋合いはないね」

ふたりがメニューを見ている間、そっと予約台帳を確認する。二週間前、中川敏宏《としひろ》という名前で予約が入っていた。たしかに、その日一緒にきていたのは、二十代くらいのきれいな女性だった。

「だから、俺は今、婚活《こんかつ》頑張ってるわけですよ。どっちかでも結婚すれば、母さんも安心だろうし……」

その声は、敏宏さんだ。なるほど、前回、恋人同士にしてはどこかよそよそしい感じだと思ったが、婚活デートで、まだ会ったばかりだったのかもしれない。

「それよりも、頻繁に連絡したり、会いに帰ったりしてあげればいいのに……」

「今は、コロナ禍で難しいだろ。まあ、そのうちな。親父とは連絡取ってる？」

国行さんは首を横に振った。

「全然。まあ、新しい奥さんとうまくやってるんだろ」

そろそろいいだろうと、注文を取りに行くと、敏宏さんは「ああ、悪い」とメニューを手に取った。どうやら話に夢中だったらしい。

「メインは若鶏《わかどり》のフリカッセだ。これは絶対食べてもらわないと。前菜はなににする？」

国行さんは、苦笑するような顔で、メニューに目を落とした。

「前菜の、山羊《やぎ》ミルクのフランが気になっていたんだけど、メインを若鶏のフリカッセにするなら、どちらもクリームっぽい風味になるな。なにがおすすめですか？」

最後のひとことはぼくに向けられたものだ。

「そうですね。若鶏はクリーム風味ですが、それほど重くはないので、パテ・ド・カンパーニュなどもいいですし、珍しいものがお好みなら、山羊肉のカルパッチョなども用意しています。軽いほうがよければ、サフラン風味のムール貝などもおすすめです」

「へえ、山羊肉。それをもらおうかな」

国行さんがそう言うのを聞いて、敏宏さんが言う。

「おまえ、本当に珍しいもの好きだよな。俺は、ムール貝にしようかな」

ムール貝のサフラン風味は、生のムール貝を白ワインとサフランで蒸し煮にしたもので、揚げた細切りじゃがいもが添えてある。

ベルギーやブルターニュ地方でよく食べられているムール貝の白ワイン蒸しを、繊細にアレンジしたもので、山羊肉のカルパッチョと並んでこの冬の新メニューだ。

営業を縮小したレストランが多いせいで、食材の生産に関わる人も困っている。普段なら手に入りにくい食材を使うことで、生産者は助かり、お客様は喜ぶ。山羊ミルクのフランも前からときどき出していたが、今では定番メニューになっている。

ワインはポルトガルワイン、ヴィーニョ・ヴェルデの白。最近、金子さんが気に入ってよく薦めているワインである。

戻ってきた金子さんに尋ねる。

「弟さんは山羊肉なのに、ヴィーニョ・ヴェルデにしたんですか？」

どちらかというと、魚介類に合うワインだと聞いた。金子さんが答える。

「ポルトガルでは山羊肉もよく食べるし、ローストじゃなくてカルパッチョだから合うと思うよ」

他のテーブルは、そろそろメインを食べ終える時間だ。デセールの注文を聞きに行き、飲み物のオーダーも取る。

そうしているうちに、カウンターの中川さんたちの前菜ができあがった。

ムール貝の皿と、山羊肉のカルパッチョの皿をカウンターに運び、ワインを注ぐ。

「山羊肉って珍しいな。沖縄料理では聞くけれど」

国行さんはつぶやいた。薄切りにしてハーブと合わせているからカルパッチョと呼んでいるが、実際には低温調理で中までしっかり火を通している。ほんのり薔薇《ばら》色の肉と、ハーブの取り合わせが美しい一品だ。

「沖縄では、精力剤だって聞いたぞ。彼女もいないくせに」

敏宏さんがそんなことを言って、国行さんが苦笑する。あまり上品な会話ではないが、兄弟だから気軽な冗談も言えるのだろう。

「食べてみるかい？」

「いや、いい。沖縄料理で食べたとき、匂いがすごかった」

そういうお客様が、山羊肉のカルパッチョを食べて驚くのを何度も見た。質のいい仔山羊《こやぎ》だから、ほとんど嫌な匂いはない。脂肪分が少ないから調理法が難しいのだが、試食しておいしさに驚いた。

シェフに言わせると、「沖縄料理で血と内臓が一緒に煮込まれている臭いくらいのやつが、本当を言うといちばん美味《うま》い」らしい。

「うん、野趣はあるけど、美味いよ。ハーブと一緒に食べるのがいいな」

沖縄では蓬《よもぎ》を合わせると聞くが、ミントやイタリアンパセリ、マジョラムにマスタードグリーンなど、いろんなハーブと野菜が合わせられている。

「ムール貝も美味いよ。いい香りだ」

ムール貝は小さな鋳鉄《ちゅうてつ》のココットで調理され、そのままお客様の前に運ばれる。蓋を開けると閉じ込められていた海の香りが広がり、食欲をそそる。

ココットの中のスープをこんがり炙《あぶ》ったバゲットに吸わせて食べると、たまらなくおいしい。

「それで、母さんは元気にしているのか」

そう尋ねたのは敏宏さんだ。

「まあね。ひとりで気楽にやってるみたいだよ」

「親父からたんまり慰謝料もらったらしいし、悠々自適《ゆうゆうじてき》だよな」

国行さんはあからさまに眉《まゆ》をひそめた。

「やめろよ。そういう言い方。親父が浮気してたんだから当然だろ。それに母さんも今は働いてるよ」

「でも、母さんは絶対、ずっと気づいていただろ。表面上は普通に振る舞って、証拠集めして、俺たちが自立してから、離婚に踏み切ったわけだから」

「まあ……そうだろうけどさ」

聞くつもりはなくても、近くで働いていると、どうしても耳に入ってくる。

志村さんが合図をする。どうやら若鶏のフリカッセができあがったらしい。

空いた前菜の皿を下げて、若鶏のフリカッセを運ぶ。いろんな種類の茸《きのこ》と生クリームで煮込まれた若鶏。あまりフランス料理に慣れていないお客様にもお薦めできる、〈パ・マル〉の定番料理のひとつである。

「ああ、いい匂いだ」

国行さんが深呼吸するように香りを嗅ぐ。待ちきれないようにナイフとフォークを取りあげ、肉を骨から切り離す。

一口食べた国行さんが目を見開いた。

「これは……たしかに母さんの味にそっくりだ」

「だろう」

少し驚く。たしかにクリームシチューを思わせる親しみやすい味だが、ビストロで出す以上、きちんと下ごしらえをして、手をかけている。家庭の味ではない。

彼らの母親は料理人なのだろうか。

「俺も、これ、食べたときはびっくりして、絶対おまえを連れてこようと思ったんだ」

「ああ、懐かしいなあ」

味わいながらも、ふたりは夢中になって、フリカッセを食べている。

みるみるうちに皿は空になり、ふたりはためいきをついた。

「美味かったなあ。いい店を教えてくれてありがとう」

「まあ、この味を懐かしく思えるのは、俺たちふたりだけだからな」

空いた皿を下げて、デザートのオーダーを取る。

敏宏さんは生姜《しょうが》風味のアイスクリーム、国行さんは、ベリーを添えたチョコレートのタルトを注文した。飲み物はふたりともエスプレッソだ。

「お気に召していただけましたか？」

カウンター越しに志村さんがにこやかに話しかける。

「ええ、プロの方にこんなことを言うのは失礼かもしれないんですが、母が作ってくれた料理を思い出しました」

敏宏さんは笑顔でそう言った。

「いえいえ、思い出の味に近いと思っていただけることほど、うれしいことはありません」

思い出というスパイスはなにより強いはずだ。

「料理がお上手なお母様なんですね」

志村さんのことばに、敏宏さんは少し首を傾《かし》げた。

「料理が得意だった……んです。昔の話です。ひとつ訊いていいですか？」

敏宏さんは志村さんに問いかけた。

「料理が得意だった人が、いきなり料理下手《べた》になるってこと、あるんですかね？」

†

志村さんはしばらく考え込んでいた。

「うーん……、手の込んだ料理を作っていた人が、面倒くさくなってしまったり、興味がなくなったりすることはありそうですけどね」

「たとえば、虎の巻みたいなのを持っていて、それをなくしてしまったとか」

敏宏さんはそんなことを言った。隣の国行さんは少し不満そうな顔をしている。

「レシピを紛失しても、世の中に料理レシピはたくさんありますからね。その可能性は低いんじゃないかと」

「うーん……じゃあ、やはり料理や家事に対する熱意を失ってしまったということなのかなあ」

三舟シェフがキッチンから、デセールの皿を差し出す。話にくわわるチャンスを探していたらしい。

「お母さんが、いきなり料理下手になってしまったんですか？」

敏宏さんは頷いた。

「そうです。ぼくたちが中学生くらいまでは、本当に料理の上手い母親だったんです。冬には、今日食べた若鶏のフリカッセにそっくりなものをクリームシチューと言って、出してくれて、ぼくらはもう皿まで舐《な》める勢いで食べました。友達の家で夕食をごちそうになったとき、市販のルーを使ったクリームシチューが出てきて、『みんなこんなものをクリームシチューだと思って食べているのか』と驚いたことを覚えています。普段の食卓でも、毎日違う料理が何品もテーブルに並んでいました」

敏宏さんは懐かしむような目で、エスプレッソに砂糖を入れて掻き回した。

「それがぼくが高校生くらいのときから、テーブルに出される料理ががらっと変わりました。クリームシチューは市販のルーを使ったものになり、料理の種類も二品か三品。魚は塩焼きしただけ、肉は焼いて焼き肉のたれをかけただけとか。肉と野菜を炒《いた》めただけのものとか……食べられないほどまずいわけではもちろんありませんでしたけど、これまであれほどおいしいものを作ってくれていたのが、嘘のようで、ぼくは、母親が誰かと入れ替わってしまったのかと疑ってしまいました」

国行さんのほうは、兄ほど、この謎に興味はないようだった。

「この方が言ったように、めんどくさくなったんだろ。料理は毎日続く家事だし、それまで頑張っていたのが、急に心が折れてしまったのかも。親父の浮気にも気づいていただろうし」

敏宏さんは目を見開いた。

「でも、親父の浮気がはじまったのは、母さんの料理がおいしくなくなった後だった。離婚調停を行なった弁護士から聞いたから、間違いない。正直、ぼくはちょっと親父に同情するね。母さんが、おいしい料理を作り続けていたら、浮気はしなかったかもしれない」

「したかもしれないだろ。そんなの、済んだことならどうとでも言える」

ふたりの会話を聞く限り、国行さんのほうが母親に同情的なようだ。

「でも、面倒くさくなっただけなら、ときどきは美味いものを作ってくれてもいいじゃないか。ぼくが、誕生日に『あのクリームシチューが食べたい』と言っても、『もう忘れちゃった。おいしいレストランに行きましょう』って言われたんだぞ」

「おいしいものはレストランで食べればいいってことだろ。それでいいじゃないか。誕生日になにもしてくれなかったわけじゃないし、外食で好きなものを食べさせてもらって、買ってきたケーキも出して、祝ってくれたじゃないか」

敏宏さんはためいきをついた。

「おまえって、本当、そういうところドライだよな。俺は、子供の頃の、母さんがごちそうと、手作りケーキを作ってくれた誕生日のほうが、よっぽどうれしかったよ。愛情と心のあたたかさが感じられた。買ってきたものでは、それは伝わらない」

レストランで働いている人間だが、敏宏さんが言わんとすることもわからなくはない。やはり、身近な人が愛情を持って作ってくれた料理に勝るものはないし、それがおいしかったのならなおさらだ。

「家も、昔は塵《ちり》ひとつ、落ちてないほど、ぴかぴかだったんです。でも、あるときから、母が掃除に手を抜くようになって、あちこちに、脱ぎっぱなしの服が放置したままになってしまいました」

シェフは険《けわ》しい顔で頷いた。

「なるほど、じゃあゴミ屋敷みたいに？」

「いやいや、さすがにそこまではありません。でも、前のように常に片付いていたわけではなくなったんです。父はそれが不満で、よく母を叱ってました。でも、母は変わらなかった。『自分は最低限はやっている。もっときれいな家に住みたかったら、自分でやればいい』と父に言っているのを聞いたことがあります」

敏宏さんは、そう言ってからためいきをついた。

「実を言うと、母が昔のままだったら、ぼくももっと結婚に憧《あこが》れを持てたんだと思いますよ。

今はそこまで希望は持てません」

茶化《ちゃか》すように国行さんが言う。

「それでも婚活してるじゃないか」

「いや、結婚したいのはしたいよ。一緒に生きていくパートナーは欲しい。でも、いいことばっかりじゃないんだなとは覚悟している。おまえはどうするんだ」

そう言われて国行さんは少し苦い顔になった。

「まあ……なるようになるよ」

ふいに敏宏さんの携帯電話が鳴った。メッセージが入ったようだ。

「ああ、どうも会社でトラブルが起きたみたいだ。一度戻らなきゃならない」

「こんな時間にですか?」

志村さんが驚いて尋ねる。

「ええ、貧乏暇無しですよ。おまえはどうする?」

国行さんは首を横に振った。

「ぼくはもう少し、ゆっくりしてから帰るよ」

敏宏さんは財布からだいたいの金額を出して、国行さんに渡した。

「じゃあ、また連絡するよ。おまえは、正月どうするの?」

「母さんと一緒に過ごすよ」

「そうか。じゃあ、よろしくな」

敏宏さんは荷物を慌ただしくまとめると、店を出て行った。

店内の客は、あと一組だけ。奥のテーブルで話に興じている女性たちのグループが残っているだけだった。デセールも飲み物をすでに提供しているから、あとは後片付けと、レジ締めで今日の仕事は終わりだ。

シェフが国行さんに尋ねた。

「今日はもうお帰りになるだけですか？　よろしかったらヴァン・ショーはいかがですか？サービスしますよ」

「ヴァン・ショーってホットワインですよね」

あたためた赤ワインに、オレンジの輪切り、シナモンやクローブ。ビストロ・パ・マルのヴァン・ショーは隠れた名物でもある。

シェフがヴァン・ショーを前に置くと、国行さんはふっと息を吐いた。

「いい匂いですね。今日は兄が、なんだか妙な話をしてすみませんでした」

「いいえ、楽しかったですよ」

そう言ったのは志村さんだ。

〈パ・マル〉のと同じ味の若鶏のフリカッセと、いきなり料理が下手になった母親の話。なにか理由があるのだろうかと思うが、それを知る術《すべ》はない。

「また、よろしかったらお母様ともいらしてください」

「そうですね。母はおいしいものが好きだから、喜ぶと思います」

彼はヴァン・ショーの匂いを嗅いで、一口飲んだ。

「ああ……温まる。そうだな。今度の正月は、ぼくが行くのではなく、母をこちらに呼んでもいいいな」

そう言った後、彼は急に真剣な顔になった。

「ひとつ、母をかばわせてください。彼女は料理ができなくなったわけでもなく、レシピを忘れてしまったわけでもない。数か月前、ぼくは母に、若鶏のフリカッセのレシピを訊いてみたんです。作ってあげたい人がいるから、と言って。そうしたら、メールで丁寧《ていねい》なレシピが送られてきました。作ってみましたが、母と同じとはいかなかったものの、それに似たものはできました。回数を重ねれば、もう少し上手く作れると思います」

彼は少し寂しげに目を伏せた。

「なんとなくわかります。母が、ぼくら兄弟においしい料理を作るのをやめたのは、ぼくたちがそれにふさわしくなかったからなんでしょう」

シェフは首を少し傾げた。そして言う。

「わたしには、それも愛情だと感じられますよ」

国行さんは、はっとした顔になった。

「そうですね。そうとも考えられますね……」

国行さんが帰った後、志村さんがシェフに尋ねた。

「シェフ、この若鶏のフリカッセのレシピって、たしか前に働いていたレストランで教わったと言ってましたよね」

シェフは腕組みをしたまま頷いた。

「ああ、そこで、以前働いていた女性の料理人が考えたレシピらしい。俺は会ったことがないが、立花《たちばな》さんという人で、子供ができたのがきっかけで仕事をやめたと聞いた」

「その人が、あのふたりのお母さん……とか?」

金子さんが勢いよく尋ねる。

「そうとは限らない。年齢的にはありえそうな話だが……結婚して姓が変わってると簡単にはわからないな。結婚後もしばらくそのレストランで働いてたらしいが、そのときは旧姓を使っていたらしいし」

結婚で姓が変わることで、過去の仕事との連続性は断たれてしまう。姓を変えていない側の人間なら、簡単にわかることがわからなくなる。

「まあ、そのレストランのオーナーに訊けばわかるかもしれないが、そこまでするのもなあ……」

解決すべき問題があるわけではない。敏宏さんは不思議に思っているらしいが、国行さんは、その理由に心当たりがあるようだった。

金子さんがつぶやいた。

「心がこもってる、こもってない、というのも不思議な感覚ですよね。手作りお菓子や手編みのマフラーには心がこもっているとされるけど、じゃあ、小麦から育てたり、羊を飼って毛を刈って糸を紡《つむ》いだりしたら、その分もっと心がこもっているとされるのか、と言われるとそうじゃないし」

「自分で撃って、解体したジビエで料理を作っても、その分、心がこもっているとは言われないだろうしな」

シェフがそう言った。確かにそうだ。だとすれば、そこにあるのは単なるイメージにすぎないのだろうか。

そう言われても、ぼくだって、手編みのセーターや手作りのお菓子と聞くと、少しときめきを感じてしまう。まあ、自分で解体したジビエ料理でも、好きな人が作ってくれればうれしいような気がするが。

「まあ、要するに、あげるほうと受け取るほうの気持ちがすれ違ってなければいいんだけどな」

シェフがそう言った。

ぼくは思う。なら、そこがすれ違ったときには、なにが起こるのだろう。

†

その人が現れたのは、年明けはじめての営業日だった。

その日の昼、女性の声で一名の予約が入った。立花という姓を聞いたときも、ぼくは少し前の出来事と結びつけることはなかった。

のんびりとした正月休みを過ごしたせいで、ぼーっとしていたのかもしれない。

やってきたのは、六十代くらいの女性だった。カウンター席に座り、メニューを熟読する。

「前菜はブーダン・ノワールと林檎《りんご》のタルト、それからメインは若鶏のフリカッセをお願い」

ワインも、金子さんにいろいろ訊いている。選んだのはブーダン・ノワールに合うブルゴーニュの赤ワインをグラスで。

フランス料理にくわしい人だな、ということはなんとなくわかる。料理に対してはまったく質問をせず、ワインに関してはソムリエの意見をよく訊くあたりなどが、そう感じさせる。

血のソーセージであるブーダン・ノワールをワインと合わせながらおいしそうに食べ、次に運ばれてきた若鶏のフリカッセにナイフを入れる。一口食べて、彼女は満足そうに頷いた。

その瞬間、彼女の立花という姓と、若鶏のフリカッセがつながった。そういえば、中川兄弟の母親は父親と離婚していたのだ。旧姓に戻っていても不思議はない。

ぼくはシェフのところに行って、耳打ちをした。シェフも驚いた顔になる。

シェフはカウンターの彼女の前に立った。

「大変不躾《ぶしつけ》ながらお伺いしますが……もしかして、以前〈エトルタ〉にいらっしゃった立花さんでは……」

今度は、彼女が驚いた顔になる。

「ええ、ええ、そうです。でも、よくおわかりになりましたね」

「もしかして、息子さんからお聞きになりましたか？　先日ご兄弟で来店されて、若鶏のフリカッセの話をしてから、もしかしたらと思っていました」

　彼女はくすくすと笑った。

「名探偵さんね。でも、素晴らしい料理人でもある。若鶏のフリカッセも、わたしが作ったのより、数段おいしい」

「あなたのレシピが元ですよ」

「わたしはこれまで食べたものや教えてもらったことを参考にして、自分のレシピを作り上げた。伝統料理ですから、誰のレシピなんてことはない。でも、それをあなたに伝えられたことは、誇らしく感じます」

　彼女は、目を閉じて、ソースを味わうような顔になった。そして目を開く。

「国行がなにか話しました？」

「国行さんが、というよりも、敏宏さんが。あなたが急に料理が下手になったことを不思議に思っていらっしゃるようです」

　立花さんは口角をかすかにあげて笑った。

「料理も好きだし、家の中を整えるのも好きでした。仕事を続けたいという気持ちもあったけれど、自分の好きなことは家庭に入って、子供を育ててもできると思ったんです。そのこと自体はまったく後悔していません。でも、結婚に幻想は抱いていたと思います」

　彼女は話し続ける。

「家を心地よく整えて、家族のために料理を作る。そのこと自体はとても楽しかった。でも、ある日帰ってきたお兄ちゃん……敏宏が言ったんです。高校生くらいのときだったでしょうか。友達のところで、クリームシチューをごちそうになったんだけど、まるで給食みたいなまずいものが出てきてびっくりしたよ。よその家ではあんなもの食べてるんだねって。心臓が止まるかと思いました」

完璧に家事をしてきたのは、そうやって他の家のことを馬鹿にする子供を作るためだったのだろうか。

「すぐに、そのとき、そんなことを言うべきではないということは伝えました。でも、彼にはまったく伝わらなかった。『おいしくないものをおいしくないと言ってなにが悪い。もちろん、直接は言っていないんだからいいだろう』って」

彼女はためいきをつく。

「よく考えれば、夫も、テレビなどで他の家の食卓を見て辛辣《しんらつ》なことを言ったり、散らかった部屋を見て、耐えられないと言ったりする人でした。自分は一切家事をしないのに。いや、夫はこのさいどうだっていい。彼はわたしと結婚した人です。でも、子供たちは違う。これから、パートナーを見つけて、その人と生きていかなければならない。彼らがひとりで生きるのだとして、それを不幸と決めつけることはしないけれど、もしパートナーが欲しいと思いながら、自分の価値観のせいでひとりでいなければならないのだとしたら、それは悲しいことです」

不充分な家事を嘲笑《ちょうしょう》したり、パートナーが完璧にこなすことを当たり前だと感じるのなら、それは悪い結果しか生まない。

「そして、夫は男の子に家事を教えることを、よしとしない人でした。だから、わたしはもう完璧であろうとすることをやめたんです」

完璧でなくても、料理は作っていたし、ゴミ屋敷になっていないのなら掃除もしていたはずだ。

「完璧であろうとすることをやめたとき、見えたのは夫の本性でした。たとえ家事が完璧でなくても人生のパートナーでいられると思ったのに、彼は完璧以外は許さない人でした。離婚すると言われたこともありました。別に離婚してもよかったんです。でも、完璧でなくても家事をしていたわたしから、親権を取り上げることが難しいことに気づいた彼は、離婚の話をしなくなりました」

彼女は少し寂しげに笑った。

「そして、自分が離婚を切り出さなければ、わたしから言われることもないと思っていたみたい。幻想の中で生きてるような人だった。次の幻想とはうまくやっていけるかしら」

そして、弟は自分で料理を作る人になり、兄も少なくとも結婚に幻想を抱いていない。彼女の選択が正しかったのかどうかはわからないが、それでも完璧であり続けたとき、起こる悲劇は防げたように思う。

「今は立花さんはどうされているのですか?」

シェフが尋ねると、彼女は笑顔になった。

「今は、近所の喫茶店で働いてます。オムライスやナポリタンや、たまごサンドを作ってるの。評判いいのよ」

「そりゃあそうでしょう」

シェフがそう言うと、彼女は声を上げて笑った。

デセールのスフレと、ハーブティーを飲みながら彼女は話した。

「さっきも言ったけど、結婚したことも、仕事をやめたことも、後悔はしていないの。ふたりの息子がいて、好きな仕事をしていられる今がいちばん幸せだと思っているし、過去があってこそ、今があると思うから。でも、結婚に幻想を抱いたことだけは、ちょっとだけ後悔しているかも」

ぼくにはまだその人生の苦みはわからない。

それでも幻想は幻想でしかないし、そこから醒《さ》めた人だけが知っていることもあるのだろう。

間の悪いスフレ

Le soufflé malvenu

年上のいとこである畠中博己《はたなかひろみ》からメッセージをもらったのは、大型連休が明けたばかりのときだった。

「なあ、智行《ともゆき》はフランス料理の店で働いているんだろ。ちょっと相談したいことがあるんで会えないか?」

博己には十代のとき可愛がってもらった。今は会社員として働いているから、休みが合わず、会えるのは年に二、三回だ。しかもパンデミックのせいで、二年以上前からまったく会っていない。SNSでつながっているから、お互い元気なことは知っているが、最近ではいちいちコメントをつけたりもしていない。

「いいよ。フランス料理と言ってもビストロだけど」

「俺、全然フランス料理にくわしくなくてさ……だから相談にのってほしい」

博己と会うとしたら、ビストロ・パ・マルの定休日である火曜日の夜しかない。土日はぼくが一日中忙しいし、閉店後ということになると、十一時を過ぎてしまう。

サービス業に従事すると、カレンダー通りに生活している人間と会うことがとたんに難しくなる。

フランス料理のレストランは土日休みだったり、日曜日と月曜日を定休日にしているところが多い。ビジネス絡みでの利用が多いとか、市場の休業で新鮮な材料が手に入りにくいなどの理由だと思うが、〈パ・マル〉もそうなら、日曜日に人と会ったりできるのになあと思わずにはいられない。

金子さんも最近ハマったらしい女性アイドルのライブになかなか行けないと文句を言っている。

まあ、ギャルソンに定休日を決める力などなく、すべてはオーナーの考え次第だ。〈パ・マル〉は、近所の人やフランス料理が好きな人がくることが多いから、土日は予約が埋まりやすい。

ともかく、ひさしぶりに彼に会えるのはうれしい。

少し前まで、休日でも人と会ったり、ましてや食事をすることには抵抗があった。ぼくが新型コロナに感染してしまえば、店を閉めることになってしまう。ずっとマスクをしているとはいえ、店の仲間に感染させる可能性もゼロではない。

無症状のまま自分で気づかず、人に感染させてしまうかもしれないと思うと怖くなる。

今は感染者も減っていて、店の売り上げも安定しはじめている。いつまでこれが続くのかはわからないが、重かった気持ちが少しだけ楽になりはじめたのも事実だ。

博己とは、個室のある居酒屋で会った。昔は、隣の客と肩が触れあうような居酒屋に行ったものだが、接客業であるぼくを気遣ってくれたのか、それとも彼自身の相談が、こみ入ったものなのかもしれない。

まずは近況など話してから、彼の相談を聞く。博己はレモンサワーで喉を潤《うるお》してから切り出した。

「実はさ……彼女にプロポーズしようと思ってさ……」

「わあ、おめでとう！」

彼女がいることは知らなかった。前に会ったときは、結婚したいが出会いがないという話をしていたような記憶があるが、二年半あれば、彼女もできるだろうし、結婚も目前という話にもなるだろう。

「いやいや、おめでとうはプロポーズが成功してから言ってよ」

まあ、そう言われればそうだ。

「とはいえ、たぶん、大丈夫だと思うんだ。結婚相談所で紹介されて、半年つきあっている。彼女は俺より年上だから、時間を無駄にしたくないと思っているはずだ。もし、俺と結婚したくないなら、とっくの昔に断られていると思う」

その言葉を聞いて、驚く。そんなに本気で婚活をしていたとは知らなかった。

「結婚相談所かあ……」

彼女が欲しいなあなどと考えることもあるが、そこまで切実に結婚を考えたことはない。

「いや、俺も自然に出会えて、恋愛して……などとイメージしていたけど、そういうのはコミユ力高いとか、普段《ふだん》からモテたり、出会いが多い人間じゃないと難しいんじゃないかと気づいたんだよ。どんどん年も取っていくしさあ」

少し胸に刺さる。ぼくは接客業だが、コミュニケーション能力が高いわけでも、出会いが多いわけでも、ましてやモテるわけでもない。

強い結婚願望があるわけでもないが、一方で一生独身でいるのかと訊かれると、口ごもってしまう。

博己は話し続けた。

「やっぱり結婚相談所になると紹介の時点でシビアなわけよ。出会い系アプリとかならさ、若い超美人にメールして、玉砕《ぎょくさい》するのも自由だけど、相談所はそういう相手は紹介してくれないわけ。俺は、まあ仕事は安定しているけど、高収入ってわけじゃないし、ハンサムでもない、身長はどっちかというと、低いほうだ」

それでも博己は感じのいい男だと思う。そう思うのは親戚の欲目なのだろうか。

「最初は同世代の人と何度か会ったんだけど、断られることが多くてさ……。相談所の人と話してみると、そもそも婚活市場に若い女性が参戦してくることが少なくて、俺と同世代の女性だと、年上の高収入男性との戦いになると言われた。それで、今度は年上の女性を紹介してもらうことにした。俺自身は、どうしても若い女性と結婚したいという気持ちはないし、姉さん女房は金《かね》の草鞋《わらじ》を履いてでも探せというしな」

いきなり古いことを言いだしたが、婚活する過程で、誰かにそんなことを言われたのだろうか。

「そこで千寿《ちとせ》さんと出会えたんだ。三つしか変わらないから、ほぼ同世代のようなもんだし、いつも笑顔だし、話も合うし、もう絶対彼女と結婚したいと思ったわけ」

博己は三十三歳だから、彼女は三十六歳ということだ。

ぼく自身は、女性の置かれている境遇をよく理解しているわけではない。ただそれでも、三十代前半と三十代後半では、結婚に関する意識は嫌でも変わらざるを得ないだろうことは、想像がつく。

「半年つき合って、彼女しかないという確信も深まった。満《まん》を持《じ》してプロポーズしたい。できたら、ロマンティックなシチュエーションで。だから、智行の働いているフランス料理レストランはどうかなと思ったんだよな」

ぼくは少し考えた。

「まず、うちはフランス料理でも、家庭料理や地方料理メインのビストロなんだよね。夜景のきれいな高級フレンチとかをイメージされると、ちょっと違うというか……」

「でもウェブサイトを見たけど、コースが五千円とか、七千円とかしてたぞ」

「ディナーはね。本当の高級フレンチになると、一万円とか、ヘタしたら三万円とか……」

博己は顔をしかめた。さすがにぼくも日常的にそんなところで食事をすることはない。勉強のため、何度かシェフや志村さんと行ったことがあるくらいだ。

「俺も彼女も、そんなに贅沢《ぜいたく》好きじゃない。普段はファミリーレストランや居酒屋でも喜んでくれるんだから、おまえのところでいいよ。別に悪い店じゃないんだろう」

「そりゃそうだよ。シェフの作る料理はおいしいし、クオリティを考えると値段だって高くないと思う」

「じゃあ、おまえのところにする。俺が指輪を渡してプロポーズするから、花束を持ってきてくれないか」

そのくらいなら、たいしたことではない。お客さんに頼まれてやったことも何度かある。

「そんなことくらいなら簡単だよ。ケーキの中に指輪を仕込んだりしろと言われるのかと思った」

「そうなのか？　でも、花束だって知らない店で頼むのは、俺にとってハードル高いよ」

そういうものなのかもしれない。少なくとも、一生のうち何度もあるイベントではない。ぼくもギャルソンとして経験はあるが、自分でやったことは一度もない。

「ドレスコードとかはあるのか？」

「ないよ。別に普段着でもいい。でもまあ、プロポーズするなら多少はきちんとした格好のほうがいいんじゃない？」

博己は考え込んだ。

「だよな……」

博己は彼女に訊いてから、日程を連絡すると言った。

接客業は楽しいことばかりではない。でも、レストランで働くことに誇りを持てるのは、こういうところだ。

誰かのお祝いの席、誰かの幸せな時間、誰かの笑顔、そういうものに触れる機会がたくさんあるし、裏方としてその瞬間を盛り上げることができる。

パンデミック以降、人と人との距離が遠くなり、壁もできた。非日常の飲食店などそんなに求められていないのかと、不安になったのも一度や二度ではない。

それでも、人は出会うし、誰かが誰かを祝いたくなる時間もまたやってくる。ぼくたちはそんな日のために働き続ける。

†

土曜日の夜、博己は彼女を連れてやってくるという。ぼくは奥の静かな席を、ふたりのためにキープした。花束を渡すだけならば、わざわざシェフやみんなに言う必要はないが、黙っているのも妙な気がして、まかないを食べ終わって休憩しているときに話した。

「へえ、めでたいじゃないか」

三舟シェフは目を輝かせた。

「まあ、おめでたいかどうかは、プロポーズが成功するかどうかで変わりますが、一応、従兄《いとこ》は手応《てごた》えを感じているようです」

「店から特別なデセールをサービスしてもいいが……まあ、どのタイミングでプロポーズするかによるよな」

もし、博己が言いだしそびれて、食事の後になってしまうなら、特別なデセールを出すタイミングが難しくなるし、もし断られてしまったらかえって気まずくなる。

「シャンパーニュをグラス一杯ずつサービスするのはどうですか？　まだ苺《いちご》もあるし、デセールの後に、乾杯してちょっと苺をつまむというのは？」

そう言ったのは金子さんだ。さすがソムリエールだけあって、粋《いき》なことを提案する。プロポーズに失敗した場合は、シャンパーニュを出さなければいいだけだ。

「あ、でも、そのふたりがお酒飲めるかどうか次第ですけど」

「ぼくの従兄は好きです。まあ、ワインもシャンパーニュも普段はほとんど飲まないようだけど」

博己はもっぱらビールかレモンサワーだ。彼女がどうなのかは後で訊かなければならない。もし、お酒が飲めなくても、今はノンアルコールのワインもカクテルもある。華やかなスパークリングワインもあるから、それを出せばいいかもしれない。

花束は博己が早めに持ってきて、ぼくに預けることになっている。

店の予約は七時半だったが、博己はランチ終わりの二時半に〈パ・マル〉に現れた。赤い薔《ば》薇《ら》の花束を持っている。

「これ……頼む」

見るからにがちがちに緊張している。花束を受け取って、金子さんと志村さんに博己を紹介した。三舟シェフはバックヤードで食材の注文をしているが、わざわざ呼ぶほどのことではないだろう。

「いつも高築くんには、店で助けられていますよ」

志村さんがそう言ってくれて、少し誇らしい。金子さんが尋ねる。

「彼女さん、お酒飲まれますか？」

「あ、好きです。ファミレスに行っても、よくワインを飲んでいます」

じゃあ、シャンパーニュを出しても問題ないだろう。

「なあ、もし今時間があったら、おすすめのメニューとか教えてくれないか？　少し慣れているふりをしておきたいし」

博己はそんなことを言いだした。少し不安になる。

「見栄張らなくてもいいんじゃないか？」

これまで居酒屋やファミレスでデートをしてきて、それで彼女に不満がないなら、自然体でいいような気がする。

博己は少し情けない顔をした。

「プロポーズするときくらい、見栄張らせてくれよ……」

気持ちはわからなくもない。

ぼくは黒板のメニューを見せて説明した。

「今旬《しゅん》なのは、ホワイトアスパラガスと、乳飲み仔羊《こひつじ》のロティかな。ホワイトアスパラガスは冷製スープがおいしいよ。オランデーズソースもおすすめだけど」

「アスパラガスって野菜じゃないか。それがメイン料理になるのか？」

「前菜だよ。メインじゃない」

プリフィックスのディナーはメニューの中から、前菜、メイン、デザートと三種類好きなものを選んでもらう。フルコースになると、前菜が二種類にスープ、魚料理と肉料理と、デザートを入れて六品になるが、多くの人が頼むのは三品のコースだ。もともと、〈パ・マル〉の料理は、フランスの地方料理を元にしているから、量は多めだ。三品も食べると、かなりお腹がいっぱいになる。

「でも、せっかく高いお金を出すのに、野菜が中心なのはなあ……」

ホワイトアスパラガスは、本場のフレンチやイタリアンでもメイン食材になるくらい、好まれている野菜だが、普段食べない人にとっては、そういうものなのかもしれない。

「うちのパテ・ド・カンパーニュもおいしいし、スモークサーモンもおすすめだよ」

「スモークサーモンなら知ってる」

やはり背伸びをしないほうがいいのではないかという気がしてくる。

それでもひととおり説明したメニューを、博己は頑張って覚えたようだった。

「じゃあ、また夜くるよ」

「それまでどこか行くの？」

「彼女と映画観てくる」

博己が告げたのは、公開されたばかりの話題の映画だった。うらやましい気持ちを抑えつつ言う。

「じゃあ、健闘を祈る」

「まあ、実際の勝負はここに戻ってきてからだけど」

彼はそう言って、ジャケットを羽織《はお》った。

†

七時半を少し過ぎて、博己は店にやってきた。

一緒にいるのは、白いシャツとデニムのスカートを身につけた女性だった。眼鏡をかけていて、背が高い。

どこか表情が固いのは、博己の緊張が移ってしまっているせいだろうか。博己はやたらに汗ばかりかいていて、あきらかに普通ではない。

奥の席に案内した後、ぼくは黒板に書かれたメニューを持って、料理の説明に言った。

「今は、ホワイトアスパラガスと、なんだっけ、仔羊が旬らしいよ」

ぼくは説明を補足する。

「まだ母親のミルクしか飲んでない仔羊です。草を食べていないので臭みがないし、この季節にしか食べられない食材です」

「想像するとちょっとかわいそうね」

彼女――千寿さんはそう言った。たしかに、フランスでも残酷だと言う人はいるらしい。美味を追求するということは、残酷さと隣り合わせなのかもしれない。フォアグラなどは、比較的鴨《かも》に苦痛を与えない育て方をしたものも販売されていて、〈パ・マル〉でもそれを使っているが、食べないことを選択する人もたくさんいる。

それでも彼女は、ホワイトアスパラガスのスープと、乳飲み仔羊のロティを選んだ。博己はスモークサーモンと柑橘類《かんきつるい》のサラダ仕立てと、鴨のアピシウス風。以前は、丸一羽で出していたメニューだが、今はモモ肉を使って一人分でサーブしている。

フランス人よりも日本人の食は細い。一羽となると、少なくとも三人くらいは同じ料理を注文しないと余ってしまうし、なかなかオーダーされないメニューになっていた。

ぼくはデセールのメニューを取り出した。

「今日は、さくらんぼのスフレがあります。数量限定ですし、焼くのに三十分かかるのでもしご注文になるならお早めにお願いします」

他のデセールなら、メイン料理を食べ終えてから注文することもできるが、スフレは特別だ。

千寿さんは目を輝かせた。

「さくらんぼのスフレ、おいしそう。わたしはそれにします」

「じゃ……じゃあ俺も」

博己も慌《あわ》てて、そう言った。緊張しているのかデセールのメニューも見ていない。

アレルギーの有無を確認した後、金子さんにバトンタッチする。

金子さんには、あまり高すぎずに、おいしいワインを薦めてほしいとあらかじめお願いしている。

戻ってきた金子さんは、なぜかなにか言いたげな顔をしていた。

「どうかしましたか?」

「なんでもない」

即答だ。長く一緒に働いているから、こういうときは、いくら問い詰めても教えてもらえないことはわかっている。ただ、彼女がなにかに気づいていることは確かで、少し嫌な予感がする。

シェフは機嫌良く、ホワイトアスパラガスのスープを調理している。スープといえども、太いホワイトアスパラガスを三本底に敷いて、ウニのジュレをのせ、まわりにシェーブルチーズで風味付けした冷たくて濃厚なスープをかけるというメニューである。スープにもホワイトアスパラガスがたっぷり使われている。

生のホワイトアスパラガスは、昔はあまり日本で手に入らず、フランスから空輸していたが、今では北海道だけでなく、いろんな産地で作られるようになってきた。

もっとも、ホワイトアスパラガス人気の高いドイツでは、パンデミックで他国からの季節労働者が減り、季節労働者に頼っていたホワイトアスパラガスの収穫ができなくなっているとも聞いた。

土で覆って白く育て、手で丁寧《ていねい》に土を掘って、収穫する。機械任せにできない作業で、国内で労働力が確保できないというのなら、賃金も高くはないのだろう。少しためいきが出る。やはり、おいしいものには残酷さがつきまとうものなのだろうか。

なるべく、そうならないものを選ぶこともできるが、末端の人間にはわからないことが多すぎる。

金子さんは、赤ワインのボトルを開け、博己と千寿さんに少しずつ注いでいる。テイスティングだ。二人が笑顔で頷《うなず》いたところをみるとおいしかったのだろう。

ふたりの会話が弾《はず》むように、気にかけながら料理をサーブする。千寿さんは、ホワイトアスパラガスをウニのジュレと一緒に口に運んで微笑んだ。

「ホワイトアスパラガスが柔らかくておいしい。いいお店ね」

「うん、そうだろう。絶対に千寿さんを連れてきたいと思ったんだ」

博己は引き攣《つ》った笑顔で、そんなことを言っている。

無理なんかせずに、「ぼくも初めてだ」と言って楽しめばいいのにと思う。結婚してしまえば、メッキなどすぐ剝《は》がれてしまうのではないだろうか。

前菜が終わり、まわりはこんがり焼かれ、中心部は薔薇色に火が通った乳飲み仔羊と、つややかに蜂蜜を塗って焼いた鴨がカウンターに置かれる。

ぼくは、それをふたりのテーブルに運んだ。

鴨にナイフを入れて、一口食べた博己は目を丸くした。

「甘っ！」

だから、蜂蜜を塗って焼いてあると午後に説明しただろう、と、顔に出さないように考える。

「いや……でもうまいな。最初はびっくりしたけど」

千寿さんはそんな博己を、優しい笑顔で見ている。ぼくは思う。この人なら、わざわざ見栄を張らなくても失望したりはしないのではないだろうか。

もちろん、ぼくは女性と交際した経験も少ないし、希望的観測が入っていないとは言い切れない。

メインを食べ終わった頃、オーブンが音を立てた。スフレが焼き上がったのだ。

粉砂糖とキルシュに漬け込んださくらんぼをかざりつけたスフレを、ふたりのテーブルに置いた。その瞬間だった。

博己が、ポケットから指輪のケースを取り出した。

まずい、と思った。最悪のタイミングだ。

「その……千寿さん、ぼくと結婚してください」

ぼくは、そっとテーブルから離れた。だが、その瞬間の千寿さんの強《こわ》ばった顔を見てしまった。

沈黙が続く。金子さんも気づいたのか、険《けわ》しい顔でふたりのテーブルを見ていた。

千寿さんは、なにも言わない。最高の瞬間を食べてもらうために運んだスフレは、少しずつ萎《しぼ》んでいく。

いたたまれなくなって、ぼくは厨房《ちゅうぼう》に避難した。だが、その瞬間、千寿さんの声が聞こえた。

「ごめんなさい。少し、考えさせてください」

†

博己は、千寿さんを駅まで送って、店に戻ってきた。カウンターに座ってためいきをつく。

傷口に塩を塗り込むような気がしながらも、ぼくは尋ねた。

「薔薇の花束どうする?」

「……必要ないから、そっちで飾るなり捨てるなりしてくれ……」

まあレストランなら、花はあって困るわけではない。志村さんが言った。

「でも、まだ断られたわけじゃないんでしょう。希望を持って」

「そりゃあ、結婚を前提としてつき合っていなければ、まだ希望は持てるけど、相談所で紹介されたんだから、考えたいってことはそのまま、ぼくに不安があるってことじゃないですか?ぼくじゃダメってことなんじゃないですか?」

残ったワインを飲んでいることもあって、どうやら酔いが回ってきたらしい。

ずっと黙っていたシェフが口を開いた。

「まあ、あのタイミングは最悪だったよなあ……。間が悪いって、いろんな事故を生むからなあ」

カウンターに突っ伏していた博己ががばっと起き上がった。

「デザートが運ばれてきたときに言おうと決めてたんです！　それに、智行、なにも言ってくれなかっただろ。スフレは急いで食べないと萎んでしまうなんて……」

人のせいにしないでほしい。だいたい、シェフがスフレを出すことに決めたのは、午後、博己が花束を置いていった後のことだ。説明などできるわけがない。

大阪弁なら「知らんがな」というところだ。

「そんなことまでぼくのせいにされても……」

「ごめん……でもさあ……」

自分の悪かったところをすぐに認めるのは、博己のいいところでもある。

ふいに金子さんが口を開いた。

「間の悪さはむしろ、愛嬌《あいきょう》というか……そんなにマイナスにはならないと思いますけどねわたしは」

博己はあきらかにほっとした顔になった。

「まあ、フランス料理はよく知らないとちゃんと言っていればの話ですけど」

付け加えられたひとことで、また落ち込んでいる。

「ダメだ……」

「もしかして、博己さん、フランス料理を食べに行こうって、千寿さんに言わなかったんじゃないですか？」

そう言いだした金子さんに、志村さんが尋ねた。

「どうしてそう思ったの？」

「千寿さんがカジュアルな服装だったからです」

「ああ……」

カジュアルでも、別に目立つほどラフな格好ではなかった。だが、洋服の組み合わせもあきらかにセンスがいい感じがしたから、たしかにあらかじめフランス料理だと言っていれば、もっと違う服を選んだかもしれない。

全員からの責めるような視線を浴びて、博己はぎょっとしたような顔になった。

「えーと……普段着でもいいんだよね……」

「全然問題ないですよ。こういうところにくると聞いていたら、もっとおしゃれしたのに……とか本人が思ってるかもしれないってことです」

「えーとえーと……言って……ないです……」

志村さんが頭を抱えた。

「どうして言わなかったんですか？」

「サプライズで……そのほうが喜んでくれるかと……」

実はサプライズで高めのレストランに連れてくるというのは、案外、されるほうからの評判は悪い。もっとおしゃれをしたかったとか、知らなかったからランチもフレンチを食べてしまっていた、などという話を漏れ聞くこともあるし、逆にサプライズを計画した側が、相手が思うように驚いたり、喜んだりしてくれなかったことにがっかりして、クレームになることもある。

もちろん、うまくいくケースもあるのだと思うが、逆効果になることも多い。

シェフが腕組みをして言う。

「食べるのが好きな人間は、行くレストランのサイトをチェックしたりして、どんなものを食べようかと考えたりもする。できたら、あらかじめ伝えたほうが、いいんじゃないか」

「で、でも……彼女は別に居酒屋やファミリーレストランでも喜んでくれていて」

「高級な店でなくても楽しめる人間が、食べることが好きじゃないとは限らない。むしろ、どこでもそこにふさわしい楽しみ方ができるということじゃないか」

だから、彼女はいきなりフレンチレストランに連れてこられたことに、がっかりしたのだろうか。

博己はためいきをついた。

「そういえば、プロフィールのところに、趣味はカフェめぐりって書いてあったな……」

だとすれば下調べもするだろう。いきなりそこにあるカフェに入るのは、「カフェめぐり」とは言わない。

普通に「おいしいビストロに行こう」と誘っても、喜ぶ人は喜ぶだろう。だが、サプライズで連れて行くのは、驚かせて、普通に行くよりも喜んでもらおうとするからではないのだろうか。

もちろん、そうやって驚かされるのが好きな人もいる。だが、彼女はそうではなかったのかもしれない。

「ううう……」

低く呻《うめ》く博己の肩を、シェフはぽんと叩いた。

「まあ、まだ振られたわけじゃないから、気を落とさないように」

ぼくは金子さんにそっと言った。

「だから、金子さん、ちょっと妙な顔してたんですね」

金子さんはなぜか、ぼくの顔をじっと見た。

「もしかして、高築くんも気づいてないの？」

「え？」

「ま、いいか。そんなものかもしれないし」

金子さんはすっとぼくたちのそばから離れていった。博己はよろよろと立ち上がった。

「帰ります……お世話になりました」

「まあ、いい知らせがくるかもしれないし、気を落とさなくていいと思うぞ」

シェフがそう言ったが、博己には聞こえていないようだった。

「もし、彼女に振られたら、今度は友達ときます……」

「彼女と一緒にこられるように祈っているよ」

ぼくもそう思わずにはいられない。

†

次の週の金曜日のことだった。

その日は、近所のワイン好きの集まりの予約が入っていた。月に一度くらい、五、六人で集まり、ワインをシェアして語り合う。いかにもおいしいものが好きな人たちの集まりだ。金子さんなどは、ワインの話をしたり、リクエストがあったワインを用意したりと、かなり親しくしていた。

ずっと長いこと、〈パ・マル〉にきてくれていたが、新型コロナの流行で、しばらく活動を停止していたと聞く。最近、ようやく再開できるようになったらしい。

といっても、今日は少なめで四人。だが、それでも少しずつ日常に戻っているのだとうれしくなる。

時間通りに〈パ・マル〉にやってきた四人をテーブルに案内して、メニューを説明する。

なぜか、ひとりの女性とやたら目が合う気がした。髪を巻いて、大輪の花柄のワンピースを着た華やかな女性だ。鮮やかな色の口紅が目を惹く。たしか、何度も店にはきてくれているはずだ。

説明を終え、テーブルから離れたとき、ようやく気づいた。

千寿さんだ。この前と全然雰囲気が違うから、わからなかった。今日は眼鏡もかけていない。

つまり、彼女はこれまでも何度も〈パ・マル〉にきていたということだ。

呆然としながら持ち場に戻る。しばらくして、お手洗いに立った彼女がぼくのそばにきた。

「このあいだは黙っててくれてありがとうございます」

たとえ気づいていても、「以前もいらっしゃいましたよね」などとは言わない。だが、本当に気づかなかったのだ。

ぼくは思わず、口を開いた。

「博己と連絡取りましたか?」

ぼくが呼び捨てにしたことに、彼女は驚いたようだった。だから説明する。

「従兄なんです。だから、このレストランを選んだんです」

彼女は少し寂しそうに言った。

「わたしたち、ふたりとも嘘つきですね」

†

集まりが終わった後、千寿さんはカウンターに座った。

「博己さんが、フレンチとかワインに興味ないことは知ってました。一緒にいてフレンチレストランの前を通りかかって、『こんなレストランがあるんだ』と言っても、まったく興味ない様子でしたし、友達とワインを飲んできた話をしても、『どんな店だった?』なんて訊かれることはなかったし……。だからいきなり〈パ・マル〉に連れてこられたときはびっくりしました。幸い、みなさん知らないふりをしてくださって」

シェフや志村さんからは奥のテーブルはあまりよく見えないし、金子さんは気づいていてあえて言わなかった。ぼくは本当に気づかなかった。

　メイクと服装で、まったく雰囲気が変わる。

「でも、だから嫌だなんて全然思わなかった。一緒に話をするだけでも楽しかったし、好きなワインは、友達と楽しめばいいと思っていました。彼が興味がないのなら、それでいい。でも、〈パ・マル〉にきて思ったんです。嘘をつくってことは、嘘をつき続けることなんだなって。これからもわたしは、彼の前ではフランス料理についてはよく知らないような顔をして、生きていかなければならないんだなって思ってしまったんです」

　博己は、彼女がフランス料理に詳しいなんて、まったく想像していなかったわけだ。

　志村さんが言った。

「ちょっとずつ、小出しにしていけばいいのかも……」

「でも、それで嘘をついていたことが帳消しになるわけじゃない」

　彼女はぽつりぽつりと話し始めた。

「最初はプロフィールに『趣味はワイン』って書いていたんです。そうしたらアドバイザーの人に、もっと親しみやすい、男性を萎縮させないものにしたほうがいいと言われて……。たしかに、趣味をカフェめぐりと読書にしたとたん、問い合わせがくることが多くなって、なんだかおかしかった。まるで値付けみたいですよね。でも、博己さんと会うようになって、一緒にいるのも楽しくて、まあ結果オーライかなと思っていたんですけど、ずっと考えてしまうんですよね。この人も、『趣味はワイン』って書いてあったら、連絡してこなかったのかなって」

嘘は後ろめたさに簡単に変質する。博己が、フランス料理に詳しくない自分を知られたくないと思ったように。

「サプライズで、自分が何度も通っているレストランに連れてこられて、はじめてきたような顔をすることも、食べたかったスフレが目の前で冷めていくことも、どちらもがっかりするような体験でした。でも、それだけじゃない。わたしが嘘をついてなければ、こんなことにはならなかったかもしれない。彼だけが悪いんじゃない」

ふたりとも、まるで規範に沿うように、自分を折り曲げ続けてきた。

千寿さんは男性を萎縮させない女性を演じ、博己は女性をリードできるような男性を演じようとしている。

話を聞いたシェフは優しく笑った。

「スフレなんて作り直せばいいし、また次に注文してもいい。人間関係だって、どこか壁に突き当たったところから、やり直せばいいんじゃないですか」

志村さんも言う。

「一緒にいて、楽しかったなら、それも大切な積み重ねですよ」

「そう……そうですね」

「もう一度話してみて、どうしてもダメだったらそこで終わりにしたらいいんじゃないですかね」

金子さんはそんなことを言った。でも、そのくらいの気持ちのほうが再チャレンジしやすいのかもしれない。

ぼくは思い切って、口を開いた。

「博己が千寿さんとうまくやれるかどうか、素晴らしい男かどうかはぼくには判断できません。でも、ぼくは彼が好きですよ。ずっと昔から」

それを聞いて、千寿さんはやっと笑った。

「そうですね。それはよくわかります」

ならば結論はひとつではないだろうか。

モンドールの理由

Pourquoi le Mont d'Or

このところ、三舟シェフはためいきが増えた。

予約は少しずつ戻ってきている。少なくとも、完全に営業を自粛《じしゅく》しなければならなかった時期や、八時以降はアルコールを提供してはならないなどと言われていた時期よりは、ずっとマシだ。

以前と同じ、十時ラストオーダーで、ワインの提供もできている。テーブルの間隔を空《あ》けているから、満席になっても前と同じ売り上げにはならないが、今はお客様に安心して来店してもらうことのほうが大事だ。

だが、問題は新型コロナだけではない。今年二月に、ロシアがウクライナに侵攻した。その影響で、あらゆるものが値上がりしはじめたのだ。小麦粉、食用油、乳製品、そして運送代。ビストロにとっては、どれも大打撃だ。野菜や肉などは、鮮度を考えて国産のものを使っているが、それでもフランスから取り寄せているものもたくさんある。フォアグラ、鴨《かも》、ワイン、そして、なによりチーズ。

その上に円安まで重なって、なにもかもが、これまでとは比較にならないほど値上がりしている。

今もシェフは、カウンターの椅子に腰掛けて、ためいきをついている。

「やっぱり、秋なのにモンドールがないというのはなあ……」

仕込みをしている志村さんもそれを聞いて、眉間《みけん》に皺《しわ》を寄せた。

「楽しみにしてくださっているお客様も多いですしね」

ビストロ・パ・マルで働きはじめた頃のぼくなら、三舟シェフと志村さんがなにに困っているか、わからなかっただろう。

今ならわかる。モンドールというのは、フランス、コンテ地方で作られる、ウォッシュチーズである。

八月から翌年の三月まで製造されるが、いちばんおいしいのは秋から冬にかけてだと言われる。つまり、まさに今なのだ。

だいたいのチーズは、一年を通して作られるが、このモンドールは季節限定で、そしてかなりの高級品である。直径十五センチくらいのチーズがそれひとつで、三千五百円くらいから、ものによっては五千円以上する。

もちろん、その分、とてもおいしい。とろとろに熟成したものをスプーンですくって食べるのだが、はじめて、店で味見させてもらったときに、あまりのおいしさに驚いた。ナッツのような深いコクと旨《うま》みがあり、いい香りが鼻に抜ける。

それまでは、まだウォッシュチーズのおいしさをあまり理解していなかったのだが、一口で、沼に突き落とされた気がした。

もちろん、好きになったと言っても日常的に買えるものではない。だが、モンドールを、食後のフロマージュのワゴンに用意している期間は、もうお客さんの前には出せないほど減ったものを、みんなで少しずつ味見したり、残った部分を生クリームと合わせてグラタンにしたものがまかないに出たり、従業員だからこその、ひそかな楽しみがいくつもある。

三舟シェフは、そのモンドールをフロマージュのワゴンにくわえるかどうか、悩んでいるのだ。

他のチーズだって、前とは同じ値段で買えなくなっている中、単価が飛び抜けて高いモンドールを用意すると、ほとんど利益はなくなってしまう。今は、デセールと同じ値段で用意しているが、それではほとんどサービスのようなものだ。

「ともかく、ヴァシュラン・モンドールは今年は諦《あきら》めて、フランスのものだけにするか……。モンドールだけ別料金というわけにはいかないし……」

ヴァシュラン・モンドールは、スイスで作られているモンドールで、フランス産のものより数が少なく、高級品だ。

「それにしたって、チーズの原価率がえらいことになりますよ。オーナーに文句言われませんかね」

志村さんが帳簿をのぞき込んでそう言う。シェフの眉間の皺が深くなる。

「でも、この季節にモンドールのない、フロマージュワゴンをどう思うよ」

志村さんが即答した。

「ありえませんね。他で帳尻を合わせましょう」

「あとは、いつから注文するか……」

ふたりを会話を聞いていて、ふいに思い出したことがある。ぼくは口を開いた。

「来週の木曜日、羽田野《はたの》さんの予約が入っていますよ」

羽田野さんは、この近くで、三軒のフレンチレストランを経営している女性だ。商売敵《がたき》でもあるが、三舟シェフの古い知り合いで、よく〈パ・マル〉に食べにきてくれる。

〈パ・マル〉のオーナーは、フランス料理の知識はほとんどなく、シェフに丸投げといった感じだが、羽田野さんはもともと料理人だったから、味にもうるさい。ワインもいつも、よいものを注文してくれる。

「じゃあ、そのときまでに入れないとな。この季節にモンドールがないと、どんな嫌味を言われることか」

シェフは羽田野さんには頭が上がらないようだが、お客さんとしても、率直な感想を言ってくれるし、おいしければ褒めてくれる感じのいい人だ。

金子さんがワインリストをかかえて、こちらにやってきた。

「もし、オーナーになにか言われたら、わたしが助太刀《すけだち》します。モンドールがあると、フロマージュの注文も増えるし、ワインもその分、いいものを頼んでくれる人がいますから」

「まあ、それにしても、このまま値段据え置きというわけにはいかないだろうな……コースも含めてさ」

ワインなら一本単位で値上げできるが、フロマージュワゴンや、コースそのものを値上げするのは簡単なことではない。特にコースでいくらと、はっきり提示しているうちのような店は、客足にも大きく影響しそうだ。

どちらにせよ、頭の重いことだ。ぼくの肩になにかがのしかかってくるわけではないが、〈パ・マル〉が潰れるのは困るのだ。

†

ランチの終わり頃の時間、ふらりと羽田野さんが〈パ・マル〉に顔を出した。

「まだやってる？　一品だけでもいいんだけど」

彼女はカウンター席に座って、アラカルトからシャルキュトリー盛り合わせと、ヴィンテンスのノンアルコールワインを頼んだ。

飲んでいるものはノンアルコールだが、いかにもワインが好きな人といった感じだ。ヴィンテンスのノンアルコールワインは、実際に醸造したワインから、アルコール分を抜いたものだから、ワイン好きにも高く評価されている。

昔はノンアルコールドリンクといえば、フルーツジュースと、モナンのシロップの炭酸水割りくらいしか用意していなかったが、最近では、金子さんがオリジナルのノンアルコールカクテルをいくつか作っていて、しかも評判がいい。

料理に合うソフトドリンクがあると、食事の楽しみが増える。飲めない人はもちろんだが、お酒が好きでも車の運転をしなければならなかったり、ランチで終わった後仕事に戻らなければならなかったりする場合もある。体調によって、ノンアルコールドリンクが選べるほうがいい。

バスク産の生ハムや、サラミ、自家製のテリーヌやリエットをつまみながら、ノンアルコールワインを飲む羽田野さんを見ていると、ランチの時間だということを忘れそうになる。

「ちょっと早いアペロといった感じですね」

志村さんがそんなことを言った。

どうやら、最近フランスでは、アペリティフ、つまり食前酒だけを友達や、同僚と楽しむ「アペロ」というスタイルが流行《はや》っているらしい。

ワインは食事と一緒に楽しむものだが、そこまでがっつり食べずに、おつまみとお酒で会話を楽しみ、食事は帰ってから家族と一緒にとるというスタイルだという。

家族を大切にするフランスらしい。

たぶん、もてなすほうにとっても気楽なのだろう。お酒以外は、ナッツやオリーブや、ハムやチーズなどを用意すればいいのだから。

「残念ながら、この後、また仕事だけどね」

ワイングラスを傾けている姿は、とてもそんなふうには見えない。

「実は三舟くんにちょっと相談があるんだけど……」

「なんでしょう」

後片付けをしながら、三舟シェフが顔を上げる。

「来週、うちの料理人をひとり、ここに連れてくるつもりだったの。まだ二十二歳で、専門学校を卒業して、うちにきて一年半。松島《まつしま》くんという子なの。まだ若いけどわたしは彼には、才能があると思っているから、サポートしてあげたい」

「〈ヴィアンド〉で働いているんですか？　それとも〈シーニュ〉？」

シェフが名前を挙げたのは、どちらも羽田野さんが経営しているフランス料理レストランだ。もう一軒あるのだが、そちらは従業員が全員女性だから、違うはずだ。

「〈ヴィアンド〉のほう。でも、どうもそこのシェフと折り合いが悪いみたいで……」

「ああ……」

三舟シェフはためいきをつくようにそう相づちを打った。

「〈ヴィアンド〉のシェフ——熊倉《くまくら》くんも、決して悪い人じゃないのよ。彼がモラハラをしているようなら、絶対にわたしが止めるし、なにより、モラハラをするような料理人をうちで働かせたくない。でも、他の従業員に訊いても、なにかひどいことを言われたり、嫌がらせをされてる様子はなかったという話で……でも、ちょっとデリカシーがないタイプかな」

「ただ、相性が悪いとか、虫が好かないということもありますしね」

結婚式場や、ホテルの宴会場みたいなところは別として、たいていのフランス料理レストランの厨房《ちゅうぼう》は、少ない人数でまわしているはずだ。狭い世界、人間関係の問題も多発する。

幸い、〈パ・マル〉はみんな仲がいいというか、あまり干渉し合わない関係だが、同じ業界で働く人から、人間関係の悩みはよく聞く。

「〈ヴィアンド〉って、肉料理がメインのビストロですよね。ステーキとフリットがおいしくて、銘柄牛《めいがら》を揃えていて、選べると聞いたことがあります」

フランス料理と聞けば、手の込んだ一皿を想像する人も多いだろうが、実はフランスでいちばんポピュラーな料理は、ステーキとフリット、つまりビーフステーキにフライドポテトを添えたものらしい。

はじめて聞いたときには、少し驚いたが、たしかに〈パ・マル〉も、ビーフステーキは必ずメニューにあるし、付け合わせはフライドポテトだ。

シンプルだが飽きがこないメニューではある。

「もちろん、それが〈ヴィアンド〉のいちばんのおすすめメニューではあるんだけど、フランスの伝統的な肉料理もおいしいのよ。プティサレとレンズ豆の煮込みとか、カーン風トリップとか」

プティサレは、豚の塩漬け肉で、それをレンズ豆と煮込んだものは、〈パ・マル〉でも冬に人気のメニューだ。保存食である豚の塩漬け肉の旨みを、あますところなく味わうために、同じく保存食であるレンズ豆と組み合わせたのだろう。

鴨肉のコンフィやソーセージなどと白インゲン豆を煮るカスレと、どこか通じるものがある。

トリップは、ハチノスと呼ばれる牛の胃の煮込みだ。三舟シェフが得意としているのは、バスク風のトリップだが、カーン風も有名だ。カーンというのはノルマンディー地方の都市で、りんごの産地だ。カルヴァドスやシードルを使って、トリップを煮込むらしい。

「現地で修業されてきたんですか？」

「そう。二、三年、フランスの地方都市を回ってきたそうよ。わたしは、三舟くんとちょっと似たタイプだと思うんだけど……あ、料理人としてはね」

三舟シェフはちょっと微妙な顔をした。

三舟シェフは、モラハラなどをしたり、意地の悪いことを言うような人ではないが、一方で誰からも無条件に好かれるかというと、そうではない気がする。口調は荒いし、ズケズケともの言うから、苦手な人も多いだろう。

〈パ・マル〉は物腰の柔らかい志村さんがいるから、まだなんとかなっている。

「で、その松島くん……でしたっけ、は、どう言っているんですか？　熊倉シェフと相性が悪いとか？」

話が脱線していきそうなので、金子さんが軌道修正する。

「ううん、彼はそうは言っていないし、なんとなく折り合いが悪そうというのも、わたしが見ていて思っただけなの。だから、〈パ・マル〉でおいしい料理を食べて、リラックスした空気の中で、彼の本音を聞きたいと思っていたんだけど……」

羽田野さんはそう言って顔を曇らせた。

「昨日、松島くんに言われたの。やめることを考えているって。今日、明日という話ではなく、次の人が見つかるまでは働くつもりだから、その代わり、早く見つけてほしいって」

「やめたい理由はなんですか?」

志村さんが尋ねる。

「フランス料理に希望が持てなくなったたって……」

ぎょっとした。三舟シェフと志村さんも顔を見合わせる。重苦しい空気の中、三舟シェフが口を開いた。

「まあ、それは……まったく根拠のない不安ではないですよね」

そう、今、フランス料理の世界で働いている人間で、まったく不安を抱いていない人間などほとんどいないのではないだろうか。

高度成長期など遠い昔で、ぼくでさえ、無条件に給料が上がり続けていた時代のことなど知らない。うちのようなビストロも、食べ物にそれなりの金額を払ってもいいと思える人しか訪れないし、若い人の中で、そんな余裕のある人はどんどん減っている。

おまけに、パンデミックのために、外食を控える人が増え、その上に円安や物価高の影響で、コースの値段も上がっていく。

ぼくは、ビストロという場を愛しているし、フランス料理を食べる人がいなくなるとは思っていない。

だが、この業界で働き続けられる人の数が、この先どんどん増えるとは思えないのだ。

三舟シェフがことばを選びながら言った。

「昔は、高級な洋食と言えば、フランス料理のイメージが強くて、その後イタリア料理のレストランがどんどん増えてきた。世界にはフランス料理以外にもおいしいものはたくさんある。このジャンルだけが王道ではないですしね」

少し冷たい言い方ではあるが、それでもシェフの言う通り、いろんな国のおいしいものに触れられること自体は悪いことではない。欧米だけが素晴らしいのだと信じ込むよりもずっといい。残念ながら、中高年の中には、いまだにその感覚が抜けない人間もたくさんいる。

「そうね。わたしが、彼の才能を惜しみすぎているのかも。でも、なんとなく、彼が本音を隠しているような気がするの」

「羽田野さんには言いづらいということもあるでしょうしね」

「なんで？　わたし、そんなに話しにくい？　ワンマンじゃないつもりなんだけど」

シェフのことばに、羽田野さんは渋い顔をした。

「ワンマンかどうかは問題じゃないです。羽田野さんは、いまだに男性優位のこの業界で、女性として成功している人ですし、つまりは、普通の人よりもずっと努力をしてきている。なにを言っても『甘えている』と取られてしまうのではないかと考えてしまうかもしれない」

その気持ちはぼくにも少しわかる。

「店を移りたいというだけなら、残念だけど、紹介状を書いてあげたり、他の店に口を利いたりしてあげられると思う。でも、フレンチの料理人をやめたいというのはもったいないと思うのよ。入ってきた頃の彼は、熱意にあふれていたし、才能だってあるんだから」

羽田野さんは、あきらかにいいものだとわかる腕時計に目をやった。

「あ、いけない。そろそろ店に行かなきゃ。だから、三舟くん、松島くんが、この業界に残りたくなるような料理を作ってよ」

「そんな高いハードルを……」

「三舟くんの料理だったら大丈夫だと思うから、〈パ・マル〉を選んだの。特別メニューにしてくれてもいいから。じゃあお願いね」

ノンアルコールワインを飲み干して、会計をすませると、羽田野さんは風のように去って行った。

強引なようで、相手をやる気にするひとことも忘れないところが、何人も従業員を抱えている敏腕実業家といった感じである。

カウンターを片付けていると、志村さんと三舟シェフの会話が聞こえてくる。

「どうします？　特別メニューを考えますか？」

「そうだなあ」

特別メニューでもいいと言うからには、高い食材を使って、その分値段を上乗せしてもいいということだ。

「ぼくなら、あんなにオーナーに評価してもらっていて、やめようとは思わないですけどね」

ぼくがそう言うと、グラスを磨いている金子さんがこちらを見た。

「でもさ、業界自体に夢が持てなくて軌道修正するなら、絶対若いうちのほうがいいよね」

ことばに詰まる。たしかにそうだ。年齢を重ねての再挑戦が不可能なわけではないけれど、熱意を持てなくなった仕事をずるずると続けて、その上で転職することになるのなら、さっさと見切りをつけたほうがいい。

「若ければ若いほど、シビアにならざるを得ない時代かもしれないな。将来が豊かになる見込みは薄く、それなのに、この社会で、今決定権を持っている者たちよりも、長く生きねばならない」

シェフは険《けわ》しい顔でそうつぶやいた。

環境問題などもそうかもしれない。若者の訴えを軽視する大人は多いが、気候変動が激化していく世界を、彼らは長く生き抜かねばならない。それなのに、大人たちは自分たちのことばかりしか考えていないように見える。

「ま、なんか考えてみるさ」

そう言って、シェフは奥の事務所に消えていった。

†

三舟シェフが電話を掛けたり、出入りの業者になにかを相談しているのは気づいていた。いくつか仕入れたモンドールのうち、ちょうど木曜日に食べ頃になりそうなものは、別に置いてある。

三舟シェフはなにかに気づいているのだろうか。松島という青年には会ったことはないはずだ。

だが、三舟シェフ自身が、昔は料理人を目指す青年だった。時代は違えど、松島くんの懊悩《おうのう》は、シェフにも理解できるのかもしれない。

シェフが注文していた食材には、普段、〈パ・マル〉では扱わないものも含まれている。高価だったり、季節外れだったり、また継続的な仕入れが難しいものだったり。

普段は使わない食材を知ることで、〈パ・マル〉というレストランの輪郭《りんかく》が、よりいっそう理解できる気がした。

たぶん、メニューというのは絵で、シェフは今、いつもと違う絵を描こうとしている。まだ知らない、ひとりの青年のために。

†

予約時間きっかりに、羽田野さんは現れた。

一緒にいるのは、まだ大学生くらいに見える青年で、彼が松島くんなのだろう。長身だが、猫背で、長い手足を持て余しているような歩き方をしていて、それが、彼の生きづらさを表しているように見えた。

ぼくは背が高いほうではないから、長身の人はうらやましいと感じてしまうのに、彼にとってはさほど誇らしいことではないのかもしれない。

いちばん奥の、落ち着ける席に案内する。

「〈パ・マル〉にはきたことあったっけ?」

「いえ……はじめてです。でも、レストランのサイトは見たことがあって、一度きてみたいと思っていました」

「おいしいのよ。今日は、特別にアラカルトにもない料理を作ってくれるらしいから、楽しみにしていてね」

コースの料理を書いたカードはあらかじめ、テーブルに置いてある。松島くんは、まっさきにそれを手にとって、熟読した。

今日はおまかせだから、ぼくがオーダーを取りに行く必要はない。金子さんがワインリストを持って席に行く。

今日はメインがジビエだから、たぶんフルボディの赤。そのくらいはぼくにも予想できるようになった。

予想は当たり、バスク地方のワイン、マディランの赤を、羽田野さんは選んだ。

ワインのテイスティングが終わった頃を見計らって、アミューズをサービスする。

猪肉《いのししにく》のリエットと、燻製《くんせい》した鹿肉のローストを、北海道産のビーツの薄切りと合わせた一皿だ。

羽田野さんが驚いたように顔を上げる。

「三舟くんにしては珍しいわね。アミューズからジビエ」

秋冬には必ず一品、ジビエ料理をメニューに加えるが、やはり好みの分かれる食材だから、アミューズに使うことは少ない。

どちらも少量だけだが、ワインとのマリアージュが複雑な味わいをもたらす。口に運んだ松島くんが驚いた顔になっているのがわかる。

前菜は北海道産のホワイトアスパラガスに、沖縄産のウニのソースをかけたものだ。淡泊だが甘いホワイトアスパラガスと、濃厚なウニ。引き締めるために、岩塩と粒胡椒《つぶこしょう》を散らしている。

「これも珍しい。秋なのに、ホワイトアスパラガスなのね」

ホワイトアスパラガスは、春の食材だ。秋冬でも、今は国産のものが買えるし、付け合わせに使用することはあるが、〈パ・マル〉で秋にホワイトアスパラガスが主役の料理を出すことはほとんどない。

季節外れだが、間違いなくおいしい組み合わせだ。沖縄のウニは、北海道のものよりは軽い味わいだから、ホワイトアスパラガスの味を殺すことはない。

怪訝《けげん》な顔だった羽田野さんも、一口食べて、納得したようだ。

他のテーブルにサービスする間、羽田野さんと松島くんの会話は聞くつもりがなくても聞こえてくる。羽田野さんはただでさえ、声がよく通る。

「もし、松島くんさえよければ、〈シーニュ〉で見習いをやることも考えてみて……」

「そう言っていただけるのは、本当にありがたいです。でも、〈シーニュ〉は高級店ですし……ぼくには敷居《しきい》が高いです」

「じゃあ、料理人をやめて、なにをするつもりなの？」

「寿司職人にでもなろうかと……。海外でも需要があると聞きますし……」

寿司職人にでも。その言い方に、かすかに胸がざわつく。寿司職人になりたいというわけではないのか。消極的な選択なのだろうか。

寿司職人も、そんな簡単な道ではないはずだ。

たぶん、同じところに引っかかったのだろう。羽田野さんの表情も険しい。

バターを塗ったパンを食べた松島くんは、また少し驚いた顔をした。

「ここ、バターも国産なんですね」

「え、そうなの？　たしかバターはボルディエだったはず……」

そう言いながら羽田野さんもパンにバターをのせて、口に運ぶ。

「たしかに、いつもより軽いような……」

これは松島くんが正しい。普段はボルディエのバターを使っているのだが、今回、北海道で少量生産している酪農家の発酵バターを取り寄せた。味見した三舟シェフがひどく気に入って、これからはこのバターを取り寄せることになった。

松島くんの味覚が鋭いのは、間違いないようだ。

できあがったメイン料理をサーブする。

ヒヨドリのローストをサルミソースで。サルミソースというのは、骨や内臓を煮込んだ複雑な味のソースだ。アンコウやカワハギなどを肝《きも》のソースで食べるのと似ているかもしれない。

ヒヨドリはとてもおいしいが、一羽が小さく、手間もかかるし、常に流通しているものではない。普段は〈パ・マル〉のメニューには載らない。シェフが羽田野さんのために取り寄せたものだ。

「本当に今日は特別メニューね。あとで三舟くんにお礼を言わないと……」

松島くんは、じっとヒヨドリの皿を眺めていた。ようやくナイフとフォークを手に取り、口に運ぶ。

「これは……おいしいです。料理学校でも、ヒヨドリなんて扱ったことはなかった」

身近な鳥で、駆除の対象にもなっていて、とてもおいしいのに、食材にするまでのハードルが高い。

デセールの前に、フロマージュ。今回は選んでもらうのではなく、シェフが選んでプレートに盛り合わせている。

灰をまぶしたシェーブルチーズ、コクのあるブラウンスイス牛の乳を使ったハードタイプのチーズ、そして、この季節ならではのモンドールだ。

シェーブルを口に運んだ羽田野さんが目を閉じて味わう。

「このシェーブルチーズ、ちょっとこれまでのとは違う感じがする……匂いが控えめというか、たぶんシェーブルが苦手な人でも、これはおいしく食べられるかも」

シェーブルは山羊《やぎ》のことで、山羊の乳で作られたチーズである。山羊の出産は春から夏にかけてだから、秋になると乳の出も悪くなる。普段なら、これもこの季節には使わない食材だ。

「モンドール……ですね」

松島くんはしばらくフロマージュの皿を眺めていた。とろけたモンドールを、添えられたパンにのせて食べる。

「ああ……やっぱりおいしいな……」

ぼくも知っている。コクが深いのに、嫌な雑味はひとつもなく、さわやかですらある。この季節だけの特別なチーズだ。

「こんな少しだけなんて、生殺しかも……木の皮の容器ごと抱えて食べたくなるわね……」

羽田野さんはそんなことを言った。さすがにそれは自宅でお願いしたい。

松島くんは今度はスプーンで、モンドールを口に運ぶ。そして、しばらく考える。

「さっきのお話、やはり考えてみてもいいですか?」

「さっきの話って?」

「〈シーニュ〉で働かせてもらえる……というお話です」

羽田野さんの目が輝く。

「もちろんです!」

†

三舟シェフの料理が彼の気持ちを変えたのだろうか。

でも、料理は料理にすぎないし、それを食べても、ただおいしいとしか感じない人がほとんどだろう。たぶん、ぼくもそうだ。

それに共鳴するものは、すでに彼の中に存在していた。それは彼が自分で見つけたものでもあるのだ。

†

閉店後、羽田野さんから早速お礼の電話がかかってきた。

うれしい思いでそれを受け、シェフに伝える。

「まあ、結果が出たならよかったよ」

シェフはそう言っただけだったが、うれしい気持ちは軽く上がった口角から伝わってくる。

レジを締めていると、ドアが開いた。

「あ、もう閉店で……」

そこに立っていたのは松島くんだった。彼は、のしのしと店の中に入ってきた。

「教えてください。どうして、モンドールだったんですか？」

まっすぐにシェフを見つめてそう言う。

「今回の料理は、ほとんどすべてが国産の素材を使っていた。ヒヨドリはそもそも日本近辺にしかいない種類の鳥ですし。それはわかりました。そして、そのメッセージも。でも、モンドールだけがわからない。あれはコンテ地方のモンドールですよね」

「そうだよ。つまり、俺の予想は当たっていたってことか？」

「予想？」

「きみが悩んでいたのは、フランスに修業に行けないことだろう」

彼がフランス料理の料理人を目指しはじめたのは、コロナ禍以前だろう。当然、フランス留学も、念頭にあったはずだ。

だが、その機会はパンデミックによって、奪われた。ようやく渡航はできるようになっても、今度は円安と航空料金の高騰《こうとう》が立ちはだかる。

松島くんはためいきをついた。

「そうです。フランスで修業をすることが、必ずしも、フランス料理を極めることにはつながらないと、羽田野さんも言ってくれたけど、羽田野さんだって、長期間フランスに滞在して修業している。うちの熊倉シェフももちろんそうだ。あなただってそうでしょう」

シェフは頷《うなず》いた。

「そうだな。今よりも日本で食べられるフランスの食材は少なかったが、今よりも円が高くて、航空料金が手頃だった。俺たちはその恩恵に与《あずか》っている」

熊倉シェフは悪い人間ではないが、デリカシーのないタイプだと、羽田野さんは言っていた。彼はよくフランスでの話をするのだろう。

「置かれた場所で咲きなさい、なんてことばは大嫌いだ」

松島くんは吐き捨てるようにそう言った。

「今は教わる立場だからいい。でも、この先、そうやってフランスで修業しているシェフたちと、同じだけの成果を上げないといけなくなる。そう思うと、続けていく自信がなくなったんです」

松島くんは、まっすぐにシェフの顔を見た。

「だから、あなたはほとんど日本産の食材を使って、おいしいものを作り上げてみせた。フランスの力を借りなくても、これだけのことができるのだ、と」

シェフは笑顔になった。

「少し違うかな」

「じゃあ、なんですか？」

「俺が料理人をはじめたときには、国産のホワイトアスパラガスなんてめったに手に入らなかった。発酵バターだって、フランスから取り寄せるしかなかった。国産のシェーブルチーズだってなかった。ヒヨドリのおいしい料理方法も、多くの料理人が研究を重ねた。つまり、今のほうが恵まれていることだって少しはある。そうだろう？」

ぼく自身は、食材の入手方法も知っているから、すべて国産であることはわかる。だが、食べただけで、それに気づく松島くんは、やはり才能があるのだろう。

「だから、我慢をしろという意味じゃない。いろんな人の力を借りて、やっていくこともできるんじゃないか？　そう思ったんだ。羽田野さんも、きみをサポートしたいと言ってくれている」

松島くんは、静かに頷いた。

「そうですね……そうかもしれない」

そして、思い出したような顔になる。

「でも、モンドールはどうしてですか？　あれはただ、季節の品だからということですか？」

「そうじゃない。モンドールがどうして作られるようになったか、きみは知っているかい？」

「どうして……？」

「コンテ地方には、まさにコンテという名産チーズがある。言うまでもなく、フランスでいちばんたくさん作られて、親しまれているチーズだ。なぜ、それとは別にモンドールが作られるようになったか。それは冬の間は雪が深くて、牛乳を集めるのが大変だったからだ。コンテは、一ホールが四十キロから五十キロある大型のチーズだ。当然、牛乳もたくさん必要だ。だが、モンドールは小さい。コンテよりも、ずっと少量の牛乳で作ることができる」

松島くんは小さくつぶやいた。

「ウォッシュチーズだから、熟成期間も短い……」

「そう。コンテは最低でも四か月、長いものなら二年。だが、モンドールは一か月もあれば熟成する。冬の間の貴重な収入源になったはずだ」

つまり、厳しい環境だからこそ、おいしいものが生まれることだってあるのだ。

松島くんは小さくためいきをついた。

「ぼくがどうして、羽田野さんの申し出を受けることにしたか、言っていいですか？」

「俺のメッセージを受け取ったからじゃないのか？」

「モンドールの意味がわからなかったことが悔しかったんです。まだ勉強しなければならないことがあると思ったんです！」

それでも彼は礼を言って、店を出て行った。

志村さんが笑いながら、シェフに言った。

「まあ、負けず嫌いなのは、料理人に向いていますよね」

そうかもしれない。三舟シェフだって、たいがい、負けず嫌いだ。

ベラベッカという名前

Les origines du nom Beerawecka

その二人組の男性客のことは、最初から少し気に掛かっていた。片方が小柄な四十代半ばくらいで、もう片方が三十代初めくらいでがっしりとした体格をしている。カジュアルなジャケットを羽織っていて、どちらもおしゃれが好きそうだ。若いほうの男性が敬語だから、友達というよりも職場の仲間なのか、もしくは年が離れているから友達でも敬語を使っているのかもしれない。

気になった理由は、なんとなく同業者の気配を感じたからだ。

ぼくの説明を聞かずに、アンドゥイエットのグラタンや、猪肉《いのししにく》のドーブという少し珍しいものを選んだり、半分食べたところでお互いに皿を交換して、料理をシェアしたりしている。

日本人は料理をシェアするとき、取り皿を頼んだり、相手の皿に自分の料理を移したりする。もちろん、〈パ・マル〉は気取らないビストロだから、好きなように食べてもらって問題はないし、ブイヤベースやポトフなどはシェアすること前提で、鍋でサービスすることもある。

だが皿を交換すると、余分な取り皿も増えないし、料理を別の皿にのせて、ソースの味が混じったりすることもない。こういう店でシェアすることに慣れているのではないかと思ったのだ。

ワインを頼むときも、金子さんに料理に使われているワインについて質問していた。料理とワインを合わせるだけでなく、料理にどのワインが使われているかまで気にする人は珍しい。

別に同業者が食事にくることは悪いことではない。〈パ・マル〉にも同業者の常連客は何人もいるし、ぼくも勉強のため、月に一度くらいは他のビストロやフランス料理のレストランに行く。たぶん、ギャルソンであるぼくよりも、ソムリエールの金子さん、料理人の志村さんや三舟シェフはもっと頻繁に、他のレストランに行っているだろう。

ただ、少し緊張するし、なぜか、年嵩《としかさ》のほうの男性がぼくの顔をやけにじろじろ見ているような気がする。

なにか失礼なことでもしてしまっただろうかと考えるが、思い当たらない。同業者から見れば至らないところばかりかもしれないが、それでもそれほど致命的なミスはしていないように思う。

ふたりが、デセールを食べ終えたので、食後のエスプレッソとハーブティー、それとプチフールをテーブルに運ぶ。他のテーブルも、ほぼ食事が終わって、帰り支度をしているか、おしゃべりに興じているかどちらかだ。

ふいに、年嵩のほうの男性が立ち上がった。ぼくに向けて名刺を差し出す。

「申し遅れましたが、わたしはこういうものです」

差し出された名刺には「フランス地方料理〈ロゼ・コンプリケ〉シェフ　横尾《よこお》光成《みつなり》」と書か

れている。同業者というぼくの予想は当たったようだった。

もちろん、彼はぼくに挨拶するために、名刺を出したわけではないだろう。

「今、シェフを呼んできますので、少々お待ちいただけますか?」

「急がなくて大丈夫です。でも、もしよろしければ、後片付けしながらでも、シェフかオーナーか、どちらかに少し相談に乗っていただきたいのです」

横尾さんは、少し額に汗を滲《にじ》ませながらそう言った。

相談とはいったいなんだろう。

「オーナーは、今日はこちらにきていないので、シェフに話してきます」

〈パ・マル〉のオーナーは、ほとんどフランス料理に興味もないし、店にもたまにしか顔を出さない。ファストフードのハンバーガーとコーラがいちばん好きだという人間だ。もっとも、コロナ禍の飲食店が厳しい時代に、まだいくつものレストランや焼き肉店を経営しているのだから、経営者としては有能なのかもしれない。

「よろしくお願いします」横尾さんは頭を下げて、また席に着いた。

ぼくは、名刺を持って厨房《ちゅうぼう》に向かった。もう料理はすべて提供してしまったから、厨房は静かだ。今日はカウンターで長居するような常連客もいないから、三舟シェフと志村さんは黙々と後片付けをしている。

ぼくは三舟シェフに名刺を渡した。

「〈ロゼ・コンプリケ〉? たしか聞いたことがあるような……」

志村さんが後ろから名刺をのぞき込んで言う。

「同じ沿線にあるフレンチレストランですよ。おしゃれな一軒家レストランで、雑誌などにもたまに載っています。行ったことはないですけど」

「相談ってなんだ？」

三舟シェフにそう尋ねられて、ぼくは首をひねった。

「さあ……内容までは」

「まあ、とにかく、カウンターにきてもらうか」

ぼくは頷《うなず》いて、ホールに戻った。横尾さんともうひとりの男性をカウンターに案内する。

「ご無理を言って、申しわけありません」

横尾さんはそう言って、シェフと志村さんに頭を下げた。

「いえ……でも、ご相談とは？」

横尾さんはぐるりと店内を見回した。

「実は、こちらのビストロには、何年か前にもきたことがあります。五年以上前になると思います。それで、今回驚いたのは、スタッフの顔ぶれがまったく変わっていないことです」

話を聞いていたぼくと金子さんは顔を見合わせた。たしかに、〈パ・マル〉はもう長いこと、この四人で働いている。プライベートで会うことまではないが、気心は知れているし、どこか家族のような存在になっている。ただ、仲がいいだけではなく、それぞれが言いたいことはちゃんと言えて、誰かの不満をそのままにしないようなバランスが取れているような気がする。

人数が少ない分、休みが取りやすいとは言えないが、それはこの仕事の宿命と言えるだろう。

「お恥ずかしい話なんですが、うちのレストランは、スタッフの定着率が低いのです。厳しすぎるというわけでもないと思っていますし、給料はよそよりは出しているつもりです。うちの経営母胎はワインの輸入会社で、そちらの宣伝や、情報収集も兼ねているので、たぶんレストランだけで収益を出さなければならないところよりは、余裕はあります。なのに、せっかく雇った料理人やスタッフが一年も経《た》たないうちにやめてしまう。だから、お伺いしたいのです。スタッフが働き続ける秘訣《ひけつ》ってなんなんでしょうか」

シェフと志村さんも困ったような顔をしている。志村さんが答える。

「そう言われても……あまりに長くこのメンバーでやっているんで、ほとんど考えたことがないというか」

「たとえば、プライベートでもよく飲みに行くとか、若い従業員の相談にのってあげるとか、社員旅行が豪華だとか」

金子さんが口を挟む。

「それは全然ないです。プライベートで会うことなんて、ゼロとは言わないですが、めったにないですし、社員旅行もありませんし、シェフになにかを相談したいとも思いません」

「なんだと?」

三舟シェフが眉間《みけん》に皺《しわ》を寄せる。

「別に相談されても困るでしょ」

「まあ……そうかもしれんが……」

若いほうの男性が、横尾さんに言う。

「親しみやすさが秘訣なのかも……」

横尾さんは今度はぼくのほうを向いた。

「あなたにも訊いていいですか？　こちらで働き続けている理由というのはなんでしょう」

いきなりそんなことを言われても、理由など思い浮かばない。

「ええと……強《し》いて言えば、やめたくなる理由がないってことですか？」

「なんだ、それは。もっと褒《ほ》めろ」

シェフにそんなことを言われたが、思い浮かばないのだから仕方ない。

だが、それこそ、いちばん大きな理由なのではないだろうか。金子さんが話を続ける。

「こういう業界だから、名前の知られたレストランや、有名なホテルへのステップアップとして転職を考える人もある程度はいると思いますけど、それと同じくらい、ひとつの職場で働き続けたい人もいるはずですし、そういう人たちには、やめる理由がないっていうのは、大きいですよ」

もちろん、ぼくはこの店と、ここにくるお客さんたちを愛している。だが、自分の心や身体をすり潰《つぶ》してまで、奉仕したいとは思わない。続けているのは、やはりストレスが少ないからかもしれない。

志村さんが言った。

「もしかすると、お給料がいいというのも、定着しにくい理由になっているのかもしれません」

それは納得できない。収入は多い方が絶対いいし、多少の不満も収入が多ければ飲み込めるはずだ。

「それは、どういう意味ですか?」

横尾さんが不思議そうな顔で言う。

「募集をかけるときの条件で、月収がいいと、たくさん応募者が集まりますよね」

「ええ、いつも募集するとたくさんの応募があります」

「つまり、応募者が多いと、そこから厳選することになる。必然的に実力があったり、実績があったりする人が選ばれる。そういう人は、自信があるから、小さな不満でもやめていく」

横尾さんは首を横に振った。

「いいえ、うちは、実績のある人よりも、若い人や経験の少ない人に門戸《もんこ》を開きたいと思っています。メニューを考えるのはぼくですし、さすがに基本的な技術がなければ困りますが、有名レストランにいたなどという実績のある人は、うちではあまり採用していません」

「じゃあ、どうやって採用を決めているんですか?」

「面接して、一緒に気持ちよく働けそうだなという人や、将来性を感じる人に実技試験を受けてもらっています。実績はまだ少なくても、センスのある料理人はいますし」

つまり、志村さんの推測は当たっていないということだ。

シェフが口を開いた。

「ある一定数の人間は引き留めようとしてもやめてしまうだろうし、反対にあんまり労働環境がよくなくても、なんとなく相性が良くて定着してしまう人間もいる。求人や、人材育成についてのことなら、そういう専門家に聞いたほうがいいんじゃないのか」

横尾さんは大きなためいきをついた。

「そうかもしれません……、お仕事中、失礼いたしました」

†

お客さんがみんな帰ってしまった後、後片付けをしながら、自然と横尾の話になる。

「給料がいいって、どのくらいだろうなあ……」

シェフが冗談めかしてそんなことを言うが、たぶんシェフは横尾が「一緒に気持ちよく働ける」料理人とは言えないだろう。

金子さんがグラスを拭きながら言った。

「わたし、ソムリエールの友人が転職先を探していたとき、〈ロゼ・コンプリケ〉の話を聞きました。こんなにお給料がよくて、実績がなくても雇ってもらえるのに、いつも募集しているということは、パワハラがあったり、実際には条件と違う話になったりするのでは、と噂になってましたよ」

たしかに、ぼく自身、昔、アルバイトをしていたとき、いつも募集をかけているような職場は自然に避けていた。

「つまり、あの横尾という男が気づいていないところで、問題があるということか……」

シェフがそうつぶやくと、すかさず志村さんが言う。

「もしくは、彼自身に問題があるかですね」

ただ、横尾さんはぼくに対しても礼儀正しかった。年下だったり、立場が下の人間を雑に扱ってもいいと思っているわけではないようだ。特に給仕という仕事をしていると、見えない人になったような気分になることも多いし、顎《あご》でこちらを使ってもいいと思っている人間がたくさんいることも知っている。

ぼく自身は、それほど悪い印象を抱いていない。

「感じのいい人でしたけどね」

そう言うと、シェフがにやりと笑った。

「おっ、じゃあ、〈ロゼ・コンプリケ〉に行くか？　たぶんうちより給料いいぞ」

「シェフはもう。高築くんがいなくなったら困るくせに」

金子さんがシェフを睨《にら》みつける。冗談だということはわかっている。

正直、お給料がいいと聞いて、気持ちが動かないわけではないが、一方で、長く働き続けられる環境が、どれほど貴重なものかということも理解している。

今の倍もらえるという話でもなければ、わざわざ従業員が定着しないとわかっているところで働きたいとは思わない。

ここ数年、まるで暴風雨に巻き込まれた小舟のようだった。飲食業界で余裕があったところなどほとんどないだろうし、うちのような小さなレストランはなおさらだ。だからこそ、思うのだ。平穏に働き続けられることが、どれほど幸運なことなのかと。

†

その日の休憩時間、店に意外な人がやってきた。

「こんにちはー。みんな元気に働いてる？」

「お！　麻美《あさみ》さん。悪いな」

三舟シェフは知っていたのか、驚きもせず、片手を上げて挨拶する。

鮮やかなフューシャピンクのワンピースを着て、大きな帽子をかぶっている。ただでさえ、背の高い美人なのに、こんなに華やかでは、すれ違う人がみんな振り返りそうだ。

「麻美？　いったいどうして」

パントリーから出てきた志村さんが目を丸くする。麻美さんは彼の妻である。職業はシャンソン歌手だから、華やかなのも納得だ。

「ちょっとシェフから頼まれたの。ここに置いていい？」

持ってきた紙袋をカウンターに置く。志村さんは渋い顔をした。

「ぼくの頭を飛び越えて、麻美に頼み事するのやめてもらっていいですか？」

シェフがなにか言う前に麻美さんが口を開く。

「どうして、わたしに頼み事をするのに、夫の許可がいると思うの？」

志村さんは口をつぐんだ。これはあきらかに麻美さんが正しい。

「〈ロゼ・コンプリケ〉がテイクアウトもやっているというから、麻美さんに買ってきてもらったんだよ。どんな料理か食べてみたいけど、この前あんな相談を受けた後に行ったら、野次馬根性でのぞきに行ったと思われそうだからな。志村だって、顔を覚えられてるだろう」

シェフがそんなことを気にするとは思わなかった。

シェフが紙袋を開け、テイクアウト用の容器を取り出す。

「まあ、このままじゃなんだから、温め直して盛りつけるか」

そう言って厨房に消える。今日はまだまかないを食べていないから、お腹がぺこぺこだ。

しばらくして、シェフがカウンターに皿を出す。

深めの皿に入っているのはシュークルートだろうか。ほかにはグラタンのようなものと、ブイヤベースなどだ。

「フランス地方料理を謳《うた》ってるだけあって、うちとメニューが似てますね」

志村さんが皿を手にとって、匂いを嗅ぐ。

「このグラタンはなんだろう……」

「アンドゥイエットのグラタンらしい」

アンドゥイエットは、豚の内臓を使ったソーセージだ。うちでもときどき出すが、少しクセがあり、好みの分かれるメニューである。だが、その分、熱狂的なファンもいる。わざわざ予約の時に、アンドゥイエットが食べたいとリクエストをするお客様もいる。

その後、鋳鉄《ちゅうてつ》の鍋がカウンターに置かれる。

「ちょうど、まかないでもシュークルートを用意した。マスタード出して、パン切ってくれ」

言われた通り、ぼくはディジョンのマスタードをテーブルに置いて、パンを持ってきた。金子さんが、グラスに炭酸水を注いで、遅い昼食がはじまる。

シュークルートは、アルザス地方の名物料理で、発酵したキャベツとベーコンやソーセージなどを煮込んだものだ。アルザス地方はドイツにも近く、山間《やまあい》で寒さも厳しい。冬になれば、保存食が活躍したことだろう。〈パ・マル〉では自家製のベーコンを使って作る。

中国東北部にも白菜の漬け物と豚肉を使った煮込み料理があるから、寒さが厳しい地域ではこういう食べ物が必要とされるのかもしれない。

三舟シェフの作ったシュークルートは鍋にたっぷりあるが、〈ロゼ・コンプリケ〉のシュークルートは一人分しかないので、少しずつ取り分ける。

最初に食べた志村さんが首を傾《かし》げた。

「おいしいですけど、これは……シュークルートなんですかね」

三舟シェフも取り分けたものを口に運ぶ。

「うーん……キャベツの発酵が甘いなあ」

三舟シェフのシュークルートと食べくらべてみるとはっきりわかる。三舟シェフが作ったシュークルートはかなり酸っぱい。それがうま味に変わっている感じだが、〈ロゼ・コンプリケ〉のシュークルートはあまり酸味がない。キャベツとベーコンの煮込みのように思える。よく言えば日本人好みの優しい味と言えるだろう。

「アンドゥイエットのグラタンも、まったく臭みがありませんね。下処理がいいというよりも、モツはあまり使っていない？」

「どうやら、そうみたいだな。うまいっちゃうまいんだが……」

かなり日本人の好みに寄せているように思う。もし、本当のシュークルートやアンドゥイエットを知らなければ、〈ロゼ・コンプリケ〉のもののほうがおいしいと感じてしまったかもしれない。

「経営がワイン輸入会社という話ですから、多くの人に受け入れやすい味になるのも仕方ないかもしれませんね」

「ううむ……でもなあ……」

シェフはあまり納得していないようだ。いつの間にか、ワインを手にしている麻美さんが言った。

「そういえば、昨日、クリスマスディナーショーの打ち合わせに行っていたんだけど、ピアノの人が、〈ロゼ・コンプリケ〉に何度か行ったことがあるって言ってた。『今は？』って訊いてみたら、気に入っていたソムリエールがやめちゃったから、もう行ってないって」

その人に訊けば、なぜ、やめたくなったかが明らかになるかもしれない。だが、そこまでする理由は、ぼくたちにはない。

麻美さんはその後、驚くようなことを言いだした。

「それでね。〈ロゼ・コンプリケ〉をやめた人たちでやっているレストランがあるって聞いたんだけど」

†

横尾さんがまた〈パ・マル〉に現れたのは、前回から一か月ほど経った頃だった。

彼は予約時からカウンターの席を指定した。ひとりでやってきたのも、たぶん、また相談したいことや話したいことがあるのではないかという気がした。

温かいクロタン・ド・シャヴィニョルというシェーブルチーズをのせたサラダと、プティサレという、豚の塩漬け肉とレンズ豆の煮込みを注文し、彼は赤ワインのハーフボトルをひとりで空《あ》けた。

ふるまいは礼儀正しいが、怒りの気配のようなものが漂っているのを、給仕しながらも感じていた。彼はなにかに腹を立てている。

だいたいの客が帰ってしまい、厨房が落ち着くと、ようやく彼は口を開いた。

「桑原《くわはら》のことを覚えていますか?」

志村さんが訊き返す。

「桑原さんとは?」

「ああ、この前、一緒にこちらにきていた男です。うちの料理人のひとりでした」

「でした……ということは」

「先週、解雇することにしたんです。聞いてくださいよ。彼は、うちのスタッフをよそのレストランに斡旋《あっせん》していたんです。何人ものスタッフがそのレストランに移っていたんです。彼はうちで長く働いてくれていた唯一の料理人でしたから、信頼していたわたしがバカだった」

志村さんが冷静な口調で言った。

「桑原さんは正社員でしたか？」

「ええ、もちろんです」

「そういう理由で解雇はできないと思いますよ。もし、裁判を起こされたら、負けるのでは？」

「えっ？」

横尾さんは小さく口を開けた。そんなことは考えたこともないといった顔だった。

もちろん、裁判など起こされる可能性は少ないだろう。こういう場合、泣き寝入りする人のほうが多い。

横尾さんが戸惑ったように小さな声でつぶやいた。

「でも……おまえはもうクビだ！と言ったら、特に反論せずに、『わかりました』と」

三舟シェフがカウンターに腕を置いた。

「そりゃあ、あんたが愛想を尽かされたんだ」

絶句する横尾さんに追い打ちを掛けるように、シェフは続けた。

「言い訳してまで、働き続ける価値などないと思われたんだろう」

横尾さんの顔が怒りで歪《ゆが》んだ。

「わたしは……彼には充分な待遇を与えてきたつもりです……」

「それでも長年の信頼が、たった一言で壊れることもあると思いますよ」

もし、事情も聞かずに「クビだ」と言い放ったのなら、そうなっても不思議はない。

「だいたい、まるで引き抜かれたような言い方をしているが、そのレストランは、〈ロゼ・コンプリケ〉よりも、待遇がいいのか」

シェフのことばに、横尾さんは首を横に振った。

「まさか……へんぴなところでやっている、小さなレストランで、うちよりもいい待遇だとはとても……」

「じゃあ、スタッフは、そのレストランで働きたくて、あんたの店をやめたんじゃない。もうあんたの店では働きたくないという気持ちがあって、そうなったときに、他のレストランを紹介されただけじゃないのか」

「それでも、彼が紹介しなければ、うちの店をやめようとは思わなかったのでは……」

「そのスタッフに訊いてみたのか？」

横尾さんは黙った。たぶん、訊いていないはずだ。

そもそも、〈ロゼ・コンプリケ〉が気持ちよく働けるレストランなら、わざわざ待遇の劣るレストランに変わる必要などない。

シェフが話を続けた。

「実は、この前、〈ロゼ・コンプリケ〉の料理をテイクアウトしてもらって食べてみた。うまかったよ」

「お世辞など言わなくていい」

遮《さえぎ》るように横尾さんが言った。

「あなたが言いたいことはわかります。わたしの料理は、もともとの地方料理からかけ離れている。日本人の好みに合うようにアレンジをくわえている。どう思われようと、それがわたしのスタイルです。本場の味を大事にしている人とは違う」

「それはわかっている。俺の好みとは全然違う。それでもうまかったのは事実だ」

三舟シェフがそう言うと、ようやく横尾さんの顔から強《こわ》ばりが消えた。

「どんなレストランを目指すかは、オーナーとシェフにかかっている。もちろんスタッフもそれを手伝う」

横尾さんが目指したのは、日本人が食べておいしいと思う味だ。そこに優劣はない。

「料理のアレンジはいくらでもできるし、それが誰かを傷つけることはない。だが、相手が人だと、それは少し変わってくる」

「人……?」

横尾さんは戸惑ったような顔で、三舟シェフを見た。

「あんたはもしかしたら、意識もしていないかもしれない。でも、あんたが本当に欲しい人と、選ぶ人の間には、齟齬《そご》があった。こういう話を知っているか。ファストフードの客に、アンケートを採って、どんなメニューが欲しいか訊くと、こういう答えが多く寄せられる。『ヘルシーなメニューを増やしてほしい』と。でも、実際にヘルシーな商品をメニューに載せると、それはまったく売れないんだ。つまり、客は自分が本当に欲しがっているものを理解しているわけではない」

横尾はまだ小さく口を開けている。志村さんが言った。

「実は、あれから、あなたのレストランをやめた人に、ひとり会ったんです。それで聞きました。横尾さんは、新しい従業員を採用するとき、なるべく、地方から出てきたばかりの人を選びたがる、と」

ようやく横尾に笑顔が戻った。

「それなら、ちゃんとわかってやってます。わたし自身、東北の出身です。都会で生まれて育った人より、地方出身者にはハンデがある。親元を簡単に頼れないし、そもそも多様なフランス料理に触れるチャンスも、都会の人よりも少ないです。だから、なるべく、そういう人をサポートしたいと思っています」

「でも、あんたは、従業員の方言や、標準語以外のイントネーションを一切許さないという話じゃないか」

「え……、でも、それは客商売なら当然では……」

「俺はそうは思わない。アナウンサーだったり俳優だったりするなら、きれいな標準語を話すことも仕事のうちだが、レストランの従業員ならばそこまで徹底する必要があるだろうか」

「それでも、高級レストランに東北弁の従業員などいないですよ。お好み焼き店ならともかく、フレンチで関西弁を使われたら興ざめですよ。それが現実です」

ふいに思った。それは横尾さんがずっと言われてきたことばなのかもしれない。

「そう思う人がいないとは言わない。でも、それも地方と都会のハンデのひとつじゃないのか。東京に生まれて育ったら苦労せずにできることに、努力して合わせることを強《し》いられる」

ちょっとしたことばのイントネーションまで直されて、嫌にならない人はいないのではないだろうか。

横尾さんは一瞬下を向いたが、すぐに顔を上げる。

「わからないです。これから先苦労するんだから、早く直したほうがいいじゃないですか。甘やかしていいことはないですよ。これはパワハラだとは思わない」

やはり、横尾さん自身がそう言われてきたのだろう。自分が努力したから、同じ努力を若者にも求める。

でも、思うのだ。生まれた場所が違うだけで、そんな苦労を背負い込むほうがおかしいし、そんな苦労などしなくていい方向に世界を変えていけるのではないだろうか。

ふいにシェフが言った。

「ヴァン・ショーを飲まないか？　ちょうどいいものがある」

急に話が変わったせいだろう。横尾はきょとんとした顔になった。

「ヴァン・ショー……」

「ストラスブールで教わってきた。うちの隠れた名物だ」

横尾はふうっと息を吐いた。

「いただきます」

湯気の立ったヴァン・ショーがカウンターに置かれる。アルミのソーサーの横には薄く切った小さなお菓子が添えられていた。

「これは……ベラベッカ?」

「そう。ヴァン・ショーにとてもよく合う」

ベラベッカはアルザス地方のお菓子で、たっぷりのドライフルーツとナッツを発酵した生地に混ぜ込んで焼いたものだ。生地はほんの少しで、ドライフルーツとナッツがみっちりと詰まっていて、濃厚だ。

「そう。あんたの店をやめたパティシエが焼いたものだ」

横尾さんは驚いたような顔をしたが、ゆっくりとベラベッカを口に運ぶ。

「おいしいな……やはり腕がいい」

そのことばに、三舟シェフが笑った。

「俺もそう思う。それに、パン・オ・フリュイとか、パン・オ・ポワールとも呼ばれるが、やっぱりベラベッカという地元で呼ばれている名前がいちばんしっくりくるんじゃないか?」

響きだけで、フランス語でないことはぼくにもわかる。

横尾さんは少し苦い顔で笑った。

「たしか、アルザスのことばでしたね。ベラベッカ」

「洋梨のパンという意味だ」

シェフはタブレットを横尾さんに渡した。

「その店の、口コミを見てみるといい。〈メンディラ〉という名前だ」

バスクのことばで「山へ」という意味だと聞いた。

横尾さんが検索するのをぼくは横目で見た。のぞき込まなくても結果は知っている。高評価がたくさん並んでいるはずだ。

〝料理もおいしいし、スタッフの皆さんも親しみやすいレストランです〟

〝気取ってなくて、リラックスできるお店でした。また行きます〟

〝珍しいフランスの地方料理がたくさんありました。帰りに買ったベラベッカもとってもおいしかったです〟

黙って読み続ける横尾さんに、シェフが笑いながら言った。

「まあ、あんたに若い才能を見つける目があることは確かだと思うよ」

初出一覧

クスクスのきた道	「ミステリーズ！」vol.90（二〇一八年八月）
未来のプラトー・ド・フロマージュ	「ミステリーズ！」vol.101（二〇二〇年六月）
知らないタジン（「スフレとタジン」改題）	「紙魚の手帖」vol.01（二〇二一年十月）
幻想のフリカッセ	「紙魚の手帖」vol.03（二〇二二年二月）
間の悪いスフレ	「紙魚の手帖」vol.06（二〇二二年八月）
モンドールの理由	「紙魚の手帖」vol.08（二〇二二年十二月）
ベラベッカという名前	「紙魚の手帖」vol.09（二〇二三年二月）

間の悪いスフレ

2023年9月29日　初版

◎著者

近藤史恵［こんどう・ふみえ］

◎発行者

渋谷健太郎

◎発行所

株式会社東京創元社

東京都新宿区新小川町1-5
郵便番号　162-0814
電話　03-3268-8231（代）
URL http://www.tsogen.co.jp

◎ブックデザイン

緒方修一

◎カバーイラスト・デザイン

谷山彩子　本山木犀＆東京創元社装幀室

◎印刷

モリモト印刷

◎製本

加藤製本

乱丁・落丁本は、ご面倒ですが小社までご送付ください。送料小社負担にてお取替えいたします。

ISBN978-4-488-02566-3 C0093

シェフは名探偵

UN RÊVE DE TARTE TATIN◆Fumie Kondo

タルト・タタンの夢

近藤史恵

創元推理文庫

◆

ここは下町の商店街にあるビストロ・パ・マル。
無精髭をはやし、長い髪を後ろで束ねた無口な
三舟シェフの料理は、今日も客の舌を魅了する。
その上、シェフは名探偵でもあった！
常連の西田さんはなぜ体調をくずしたのか？
甲子園をめざしていた高校野球部の不祥事の真相は？
フランス人の恋人はなぜ最低のカスレをつくったのか？
絶品料理の数々と極上のミステリをご堪能あれ。

◆

収録作品＝タルト・タタンの夢，ロニョン・ド・ヴォーの決意，ガレット・デ・ロワの秘密，オッソ・イラティをめぐる不和，理不尽な酔っぱらい，ぬけがらのカスレ，割り切れないチョコレート

シェフは名探偵

VIN CHAUD POUR VOUS◆Fumie Kondo

ヴァン・ショーを あなたに

近藤史恵

創元推理文庫

◆

下町のフレンチレストラン、ビストロ・パ・マル。
フランスの田舎で修業した三舟シェフは
その腕で客たちの舌を魅了するだけではなく、
皆の持ち込むちょっとした謎や、
スタッフの気になった出来事の謎を
鮮やかに解く名探偵でもあるのです！
フランス修業時代のエピソードも収めた魅惑の一冊。

◆

収録作品＝錆びないスキレット，憂さばらしのピストゥ，
ブーランジュリーのメロンパン，
マドモワゼル・ブイヤベースにご用心，氷姫，天空の泉，
ヴァン・ショーをあなたに

シェフは名探偵

Un macaron, c'est un macaron◆Fumie Kondo

マカロンは マカロン

近藤史恵

創元推理文庫

◆

ビストロ・パ・マルの三舟シェフは、フランスの地方ばかりをめぐって修業したちょっと変人。そして気取らないその料理で客たちの舌を摑むばかりでなく、身の回りの不可解な出来事の謎を解く名探偵でもあるのです。消えたパティシエが残した謎の言葉の意味は？　おしゃれな大学教師が経験した悲しい別れの秘密とは？　メインディッシュもデセールも絶品揃い。きっとご満足いただけます。

◆

収録作品＝コウノトリが運ぶもの，青い果実のタルト，共犯のピエ・ド・コション，追憶のブーダン・ノワール，ムッシュ・パピヨンに伝言を，マカロンはマカロン，タルタルステーキの罠，ヴィンテージワインと友情